Ulrich Grode

Woanders, vielleicht

Bibliografische Information der Deutschen Nationalbibliothek:

Die Deutsche Nationalbibliothek verzeichnet diese Publikation in der Deutschen Nationalbibliografie; detaillierte bibliografische Daten sind im Internet über http://dnb.dnb.de abrufbar.

Umschlagbild: © Susanne Bielenberg-Bruhn
Umschlaggestaltung: Janko Grode
Lektorat: Carina Grode

Herstellung und Verlag: BoD – Books on Demand, Norderstedt

ISBN: 978-3-7386-4640-5

»... das schlimmste Übel ist, aus dem Kreis
der Lebenden zu scheiden, ehe man stirbt.«

Seneca (um 4 v. Chr. – 65 n. Chr.)

I

Ich schreibe nicht mehr.

Gestern war Halloween-Treffen im Verlag. Das Gebäude liegt ein wenig über den Innenstadt-Ring hinaus, vorn die Ausfallstraße zur A7 und weiter gen Westen, hinten fast im Grünen. Vier oder fünf Stockwerke hoch, kompakt; wie ein Kreuzfahrtschiff liegt es da. Vor der Tür Kinderkarussell, Würstchenbude, Strohballen. Überall Figuren mit spitzen Hüten. Hin und wieder ein Knochenmann. Ich musste an alte, vergessene Autoren des Verlags denken, zu denen ich emporgeschaut hatte, damals, als ich anfing. Makaber.

Im ersten Stock war Empfang. Stimmengewirr. Alles scharte sich um den neuen Shootingstar. Alte Lady mit spitzer Zunge. Am liebsten gräbt sie in Biografien von Künstlern und Adligen aus längst vergangener Zeit und erzählt dann von prächtigen Gütern inmitten tief verschneiter Parks. Im Salon wird der Tee serviert. Schwere Teppiche dämpfen jede Bewegung, jedes Wort. Letztes fahles Licht, Glut im Kamin, Kerzen. Auf den Tasten des Klaviers einige Notenblätter, Chopin, Liszt. Die Gräfin reicht dem jungen Musiker die zarte, feuchte und sehr heiße Hand, sie fiebert beständig, er haucht einen Kuss in den warmen Schoß ihrer Finger, wie ein Versprechen. Nebenan erschießt sich ihr Ehemann.
Zum Beispiel.
Ihr neuer Roman, »Hinter den Knicks«, soll es in sich haben. Sündhaft reiche Tochter eines amerikanischen Multimilliardärs heiratet verarmten Aristokraten, der in seinen heruntergekommenen Schlössern inmitten

3

einer lebensmüden Verwandtschaft Haltung zu bewahren versucht. Irres Cover. »Hinterknicksig« wird wohl in der Literaturszene das Wort des Jahres werden. Es bezeichnet das, was im Verborgenen bleiben soll, was die Öffentlichkeit scheut.

Ich weiß, wie viel Arbeit hinter ihrem Erfolg steckt. Wenn sie eine Spur wittert, wird sie zum Bluthund, wühlt sich durch Korrespondenzen, Archive, Museen, Kirchenbücher. Eine echte Jägerin und Sammlerin. Die Frau hat Willensstärke, Disziplin und nur begrenzt Geduld. Das Buch muss raus. Zack.

Als ich den Raum betrat, spielte die Band »When the saints go marching in«.

Ich bedankte mich mit einer leichten Verbeugung. Die Jungs sind in meinem Alter und so was wie die Hausband des Verlags.

Die neue Lektoratsleiterin sprach ein paar Worte. Halloween als Programm. Gruselig. Witzig. Schrill. Geheimnisvoll. »Mit einem Wort«, sie lächelte, dehnte die Aussprache ins Laszive und ging dabei ein wenig in die Knie: »Hinterknicksig!« Jung, schwarzer Rock, hohe, enganliegende Stiefel, lila Bluse, langes, dunkles Haar. Kaninchenzähne. Jeder bekam ein Halloween-Geschenk. In meiner Tüte waren fünf edle schwarze Moleskine-Hefte, drei große und zwei kleine. Cahiers blancs. Das Papier hat einen warmen Farbton, wie die neuen Laternen bei uns in der Straße. Zwei ganz weiche Bleistifte. Ein Gruß vom Verleger, der sich im Übrigen entschuldigen ließ. Oktober und November seien »dicht, absolut dicht«.

Bei mir ratterte es natürlich sofort los, was mir dieses Geschenk sagen sollte. Um allein zu sein, schlenderte ich ein wenig durch die Gänge. Als ich wie zufällig an seinem Zimmer vorbeikam und mit meinen Gedanken noch nicht viel weiter war, fasste ich nach. Tatsächlich. Abgeschlossen. »Dicht«. Seine Räume liegen völlig unscheinbar in der zweiten Etage. Viele vermuten die Räume des Chefs immer ganz oben, nehmen den Fahrstuhl und suchen dann dort nach weiteren Treppen oder benutzen, ganz schlau, gleich die Feuerleiter, die außen angebracht ist. Die wundern sich, wenn sie dann auf dem Dach stehen. Nein, zweite Etage, links, am Ende des Ganges. Die rote Tür. Sieht eigentlich mehr nach Abstellkammer aus. Aber nichts da, helle, luftige Räume mit einladenden Sitzecken. In den Regalen das Verlagsprogramm. Kaffeemaschine vom Feinsten.

Auf dem Weg zurück traf ich Anna, eine alte Kollegin. Wir hatten früher mal ein schönes Projekt zusammen gemacht. Das war die Zeit nach den großen Erfolgen mit »Tipp-Ex auf Kassandras Träume« und »Wohin, wenn nicht jetzt«. Sie hatte eine ganz eigene Sprache, konnte Gedanken und Gefühle so konkret und trocken ausdrücken, dass es mich jedes Mal an die Musik von Keith Jarrett und Charlie Haden erinnerte. Jetzt war sie längere Zeit in Finnland gewesen und froh, zurück in Deutschland zu sein. »Ich genieße es, in den Supermärkten wieder dieses Riesenangebot zu haben«, sagte sie. Dann erzählte sie aufgeregt, dass sie gerade Stunden im Netz damit zugebracht habe, den Stromanbieter zu wechseln. »Stromanbieter?«, fragte ich nach. »Ja, natürlich«, und ihre Stimme klang auf einmal schrill, »du glaubst gar nicht, was du zuviel bezahlst. Du müsstest das auch mal machen.« Ich war völlig durcheinander und erzählte ihr von dem Mönch, der seinen Meister fragte: »Was würdest du sagen, wenn ich mit Nichts zu dir käme?« Der Meister antwortete: »Wirf es zu Boden.« Der Mönch protestierte: »Ich sagte, ich hätte nichts, was soll ich dann loslassen?« »Gut, dann trag es weg«, erwiderte der Meister. Sie lachte und meinte, sie habe vor kurzem an mich gedacht: Falls ich immer noch, wie ich ihr einmal schrieb, mit dem Bleistift die Grauzone zwischen Melancholie und Depression erkunden würde, dann könnte sie mir einen Test mailen. Beantworte man mehr als drei Fragen mit Ja, dann sei man depressiv. »Du Grundgute«, sagte ich.

Wir gingen zur Eröffnung einer Bilderausstellung im untersten Flur. Zunächst das übliche Grußwort eines Offiziellen. In der Kunst reflektiere die Gesellschaft über sich, Kunst bedeute, eine andere Perspektive, neue Anstöße zu gewinnen usw. Also das, was man immer sagen kann, ohne ein einziges Bild betrachtet zu haben. Nichts Konkretes. Das diffuse Gefühl, dass er als Politiker die Kunst noch nicht ganz aufgeben mag, solange es noch Menschen, das heißt potenzielle Wählerinnen und Wähler gibt, die sich offenbar dafür interessieren. Es folgte die Künstlerin, Monika Rathlev. Im Grunde sei auf ihren Bildern ja nichts drauf. Allgemeines Lachen. Ich sah mir die Bilder an. Schöpfung eine Rolle rückwärts. Himmel und Erde. Und die Erde war wüst und leer. Tag und Nacht. Horizonte. Inseln im Meer. Nur Spuren von Leben. Länder im hohen Norden fielen mir ein, die ich in den Erdkundestunden in der Schule besucht hatte, wenn wir den Dierke-Weltatlas vor uns liegen hatten, um irgendwelche Tabellen zu analysieren, und ich die eisbepackten, ausgefransten Küsten, die endlosen Flüsse und Seen mit dem Finger hinauffuhr, Namen von Abenteurern und Entdeckern entzifferte, auf deren Spuren ich mich sah. War das nicht meine Seelenlandschaft geblieben, mein Arkadien? Farben, in denen Anfang und Ende ineinander übergingen und die Gegenwart bedeutungslos wurde. Diese Sehnsucht nach unberührter Weite. Noch ist die Bühne leer, die Leinwand weiß. Zu hören ist nur der Wind.

Höhepunkt des Tages sollte das Artist Speed Dating sein. Man sitzt sich vier Minuten gegenüber und erzählt von seinen Ideen und Projekten. Dann rutscht man weiter. Bis jeder mal mit jedem gesprochen hat. Das soll die Kreativität fördern. Und das Crossover.

Zuerst hatte ich einen Werbemenschen: ein zarter, weicher, sehr verletzlich aussehender Mann in mittleren Jahren. Als Junge muss er viel mit dem Quietscheentchen in der Badewanne gespielt haben. Der zeigte mir auf seinem Apparat in rasender Geschwindigkeit eine Powerpoint-Präsentation zur Entwicklung unserer Stadt. Seine Aufgabe: mehr Menschen in die Stadt zu locken. Das Design Outlet Center sei gut, das Einkaufszentrum im Bau, sehr gut, aber wenn die Menschen da herauskommen, dann sollen sie doch mindestens noch eine Runde drehen und weiter shoppen, shoppen, shoppen. Und Kaffee trinken, Kuchen essen und sich ihre Einkaufstüten zeigen. Ob ich so eine Art »Story« der Stadt hätte, die die Menschen neugierig machen kann auf den Rest der Stadt.

Ich sagte, dass die Geschichte der Stadt wohl ablesbar sei an den Straßen und Plätzen, den Fassaden, Innen-räumen, Hinterhöfen, Kirchen, auffindbar in Museen, Briefen, Erzählungen. Aber das meinte er ja nicht. Er

zeigte mir ein Bild. Ein junger Mann hält einen sehr
großen Fisch im Arm, zeigt ihn einer älteren Frau mit
Hut und lacht. Er sagte, das sei in Seattle. Dort habe
man mit einem Fischmarkt erfolgreich Menschen in
die Innenstadt geholt. Die »Story« sei also, Seattle ist
eine Stadt mit einem großen Fischmarkt.
Ich sah ihn an. »Seattle«, sagte ich schließlich. »Das
liegt doch am Pazifik, Schiffsrouten nach Alaska und
Asien. Benannt nach einem Indianerhäuptling.
Erinnerungen an ›Wolfsblut‹, ›Ruf der Wildnis‹. Das
hat natürlich was. Aber mit unserer kleinen Schwale,
von ein paar Auen gespeist, ein paar Kilometer, zum
Teich gestaut, was ...« Er war schon weiter, schüttelte
den Kopf und schwärmte von den Kösten, die
unheimlichen Erfolg hätten: Stoff-, Wein-,
Holstenköste usw. Was fehle, sei ein Slogan. Ein
Königreich für einen Slogan. Ob ich einen Slogan
hätte.

»Kösten Sie mal!«,

sagte ich ihm. Er schwieg. Dann wippte er unruhig auf
seinem Stuhl hin und her. »Das könnte einer sein«,
sagte er. »Name und Logo der Stadt und darunter
›Kösten Sie mal‹. Das könnte ...« Er tippte hektisch
auf seinen Apparat.

Ich setzte mich dann einer jungen Frau gegenüber, die
ganz ruhig da saß und ein Stück Ton knetete und
formte, bis eine kleine Figur erkennbar wurde. Sie
hatte ein Foto vor sich auf dem Tisch liegen. Es war
ein altes Schwarz-Weiß-Bild, auf dem Schulmädchen
mit ihrem Lehrer zu sehen waren. Die Mädchen
mochten elf oder zwölf Jahre alt sein und trugen

Schuluniformen, die mich auf den ersten Blick an die Matrosenanzüge aus dem Kaiserreich erinnerten. Es waren aber Kleider, und die Gesichter der Mädchen trugen asiatische Züge. Hinter den Mädchen auf dem Foto standen Bäume. Die Frau sagte nichts. Sie schien sich zu langweilen. Wahrscheinlich nervte es sie, nicht in ihrer Werkstatt zu sein, inmitten der Bilder, Gerüche, Töne, die sie brauchte. Ich stellte mir vor, dass Chefdesigner Gott – mal angenommen, dass ... –, damals ähnlich lässig, nachlässig und wie nebenbei den Menschen geschaffen haben könnte. Das würde einiges erklären.

Plötzlich unterbrach sie ihre Arbeit, holte eine fertige Figur aus der Tasche, die sie neben sich auf den Boden gestellt hatte, und gab sie mir. Bei diesem Mädchen wuchs ein kahles Bäumchen aus dem Kopf. Der Gesichtsausdruck war ruhig, wach, aufmerksam. Zeitlos. Jemand stand neben mir und gab mir mit einem »Husch, Husch ...« zu verstehen, dass ich den Platz räumen müsste.

Dann kam einer, der einen Witz nach dem anderen erzählte. Von der Sorte: Mein Freund hat mir erzählt, ich soll Energie sparen. Wegen der hohen Preise und des Klimawandels und so. Ich soll deswegen lieber Bus fahren. Das sei besser. Nun hab ich mir 'nen Bus gekauft. Der verbraucht aber noch viel mehr Benzin. Ich dachte, die Geschichte ginge noch weiter, blieb ganz ruhig und wartete. Welche Funktion hatte der denn in unserem Kreis? Ich betrachtete die Figur, die ich immer noch in der Hand hielt. Das Bäumchen könnte auch eine Antenne sein.

Dann ein Kriminaler. Er bräuchte unbedingt irgendeinen Clou für seinen neuen Roman. Er sprach ein entsetzlich primitives Deutsch. Entweder soll das so sein, ist das sein Stil, oder er hat Angst, mir irgendein geglücktes Bild, eine glanzvolle Formulierung zu liefern. Solche Leute gibt es auch. Mir fiel ein, dass mir tags zuvor beim Friseur die Uhr an der Wand aufgefallen war, die im Spiegel eine verkehrte Zeit angezeigt hatte. Ich erzählte ihm davon. Ermittelte Zeit und Zeit, zu der ein Zeuge den Hauptverdächtigen gesehen haben will, passen nicht zueinander. Kommissar ist am Verzweifeln, sitzt dann beim Friseur, erkennt die Ursache, springt auf und rennt mit Umhang und halbem Haarschnitt usw. Er grummelte, das reiche ihm nicht. Ich ergänzte: Ermordet worden ist eine etwa fünfzigjährige Frau. Ihr Sohn hat schon während seiner Schulzeit Karikaturen gemalt, Blatt für Blatt legte er in eine Mappe auf dem Kleiderschrank. Mutter war froh, dass er irgendwie beschäftigt war. Nach dem Abi studierte er. Nach Jahren eine Ausstellung. Er wird berühmt. Auf der Suche nach den alten Blättern irrt er durchs Elternhaus. Mutter sagt ihm, dass sie diese Blätter längst in die Blaue Tonne gekippt habe, an diesen primitiven Strichmännchen sei doch nichts dran gewesen. Er bringt sie daraufhin um. Jetzt leuchteten die Augen des Autors: Da könne er eventuell etwas draus machen.

Das war bei dem alten Woller noch anders gewesen. Der hatte sich meine Texte abends in seinem Büro bei einem Glas Rotwein vorlesen lassen, hat gelächelt oder »Gut, serr gutt« geflüstert oder »Ich weiß nicht, an den letzten Zeilen musst du noch ein wenig feilen, da stimmt was nicht mit der Melodie«. Am Ende hat er dann erzählt von seinen Begegnungen mit den »Großen«, die alle schon tot waren oder gerade starben oder jetzt besser nicht mehr schreiben sollten. Und ganz zum Schluss hat er aus dem Gedächtnis rezitiert, was ihm gerade einfiel. Meist erhob er sich schwerfällig und fing an, wie ein alter Bär herumzutapsen: »Ihr naht euch wieder, schwankende Gestalten, die früh sich einst dem trüben Blick gezeigt ...«, und seine Augen leuchteten bei Versen aus Goethes »Tagebuch« wie »... vor deinem Jammerkreuze, blutrünstger Christe, verzeih mir's Gott, es regte sich der Iste«. Mit seiner mächtigen Stimme füllte er den Raum, und je erhabener der Anfang eines Romans oder einer Novelle erklang, desto mehr verschwanden meine Zeilen in einem ungefähren Nichts. Wenn er bei Kuttel Daddeldu oder Hans Huckebein angekommen war, rief ich die Taxizentrale an. Zum Abschied sagte er immer: »Im Grunde«, und das klang brunnentief, »im Grunde hast du doch Talent. Wir drucken das!«

Die Außenräume im Verlag haben große Fenster, bis auf den Fußboden, die ganze Wand ist dann ein Fenster. Das ist schön. Ich sah nach draußen in das noch volle, gelb-braune Herbstlaub hinein. Ein alter Mann ging mit einem Hund spazieren. Sie gingen beide ganz entspannt. Das passte gut zu den Blättern, die sich von den Zweigen gelöst hatten und ruhig fallen ließen.

Ich saß dann einer Frau gegenüber, die häkelte. Sie sah das sehr wissenschaftlich, sprach von ihrem Häkellabor, zeigte auf die vor ihr liegenden Stücke:

»Fühlen Sie mal«, und lachte, als sie sah, wie ich etwas hilflos über Wölbungen und Nippel strich. »Busentopflappen«, kicherte sie, »der Verkaufsrenner, zu bestellen bei www.essen-mit-lust-und-laune.de. Aber ich mach auch sehr ernste Sachen«, fügte sie hinzu, »ich umkreise gleichsam mit der Häkelnadel unermüdlich die ewigen Fragen nach dem Wachsen und Werden, nach Ewigkeit und Endlichkeit«, sie dehnte die Worte und öffnete die Augen, beschrieb mit ihrer gewaltigen Nadel Kreise, als wolle sie mich hypnotisieren, und fügte spitz hinzu: »nach Geburt und Tod.«

Ich lächelte sie etwas hilflos an, grüßte, stand auf, ging in die kleine Cafeteria und holte mir einen Cappuccino. In einer Ecke sah ich Lisaweta sitzen und setzte mich zu ihr. Anfang 50, müdes Gesicht. Grüner, kuscheliger Pullover. Cheflektorin und mehr. Nachdem wir so eine Weile ganz ruhig gesessen hatten, fing sie an zu erzählen. »Du erinnerst mich immer an die alten Zeiten«, sagte sie. »Heute ist das eigentlich alles kulturlos, was wir hier machen. Die da oben haben nur noch Zahlen im Kopf. Meinst du, die lesen noch Manuskripte? ›Die Geschichte des Gosch-Brötchens‹ soll es bringen oder ›Hinter den Knicks‹, verfilmt mit Dieter Porsche und Katia Pruncksheim. Verrückt. Aber dafür wird Geld ausgegeben.«
»Skudi wert ist nur, was Skudi bringt«, sagte ich.
»Von wem?«
»Brecht, ›Leben des Galilei‹.«
»Schlagzeilen, Events, Poetry Slams! Stell dir Kleist vor auf einem Poetry Slam. Heute soll es glitzern. Blendwerk. Ich kann kaum noch schlafen. Wenn ich die Augen schließe, sehe ich sinnlose Bilderreihen vor

mir oder ich arbeite das Programm des Tages durch: Termine mit dem Controlling, Etatfragen. Oder mit irgendeiner Stadtgröße: Lisaweta, schreib doch mal schnell ein schönes Grußwort! Lies dir das mal durch! Kann ich das so machen? Nein sagen mag ich auch nicht. Wer weiß ... Wenn ich morgens am Fenster stehe, meinen Milchkaffee schlürfe, merke ich, der Garten wird immer enger, der Zaun kommt immer näher ...«

Ich sah sie an: »Verstehe. Wer kann da lustig sein, wenn's einem an den Kragen geht. Steh auf. Komm mit mir. Etwas Besseres als den Tod findest du überall.«

Lange schwieg sie. Dann sagte sie: »Neulich erzählte ich Kathrin aus der Verwaltung – wir arbeiten nun schon Jahre zusammen –, dass ich mal ein ausgelassenes Frühstück mit Freunden machen möchte. ›Wen willst du denn da einladen?‹, fragte sie mich.«

Ich nahm ihre rechte Hand: »Wenn ich auf meinem täglichen Gang an den Häusern des Roten Kreuzes in der Nähe des Tierparks vorbeikomme und Schilder lese wie ›Gerontopsychiatrische Abteilung‹, dann denke ich, sei froh, solange du noch vorbeigehen kannst ...«

»Wie recht du hast«, sagte sie, strich mit den Fingerspitzen ihrer linken Hand über mein Gesicht und fügte hinzu: »Dass ich zwischen diesen Falten noch das Gesicht des jungen Wilden von damals erkennen kann, als wir uns hier das erste Mal trafen, wird immer schwieriger. Armer, alter Mann.«

»Wie denn aber zu leben wäre«, sagte ich, »das wissen die Menschen ja, solange sie sich als Mensch begreifen. Und so bewusst ihnen die eigene Begrenztheit zwischen Geburt und Tod, die Spannung zwischen positiven und negativen Erfahrungen, die Möglichkeiten des schicksalhaften Eingriffs in ihr Leben, auch die eigenen Gefährdungen wie Gier oder Gewalt sind, am Ende zählt eine Ahnung von der Größe und Herrlichkeit des Planeten, auf dem sie leben. Welch Geschenk! Welch ein Glück! Und das Ziel kann gar nicht anders als darin bestehen, ein Zipfelchen von diesem Glück zu spüren. Beim Anblick der ersten Helligkeit am frühen Morgen, der Bäume im Wechsel der Jahreszeiten, der Wälder und Ebenen, der Tiere und, ja, manchmal auch der Vielfalt der Menschen und ihrer Sehnsucht nach Nähe.«

Ich drückte ihre Hand wie zu einem Gruß, sah unsere Hände ineinander verschlungen auf dem Tisch ruhen wie selbstverständlich und für lange und dachte an eine einsame Hütte auf Spitzbergen ...

»Ich weiß nicht, wer das nun wieder geschrieben hat«, sagte sie, »aber benutz doch mal deine eigene Sprache. Sei doch einmal wieder du selbst. Versteck dich nicht hinter dem alten, längst erbrochenen Zeugs.«

Sie machte eine Pause.

Wir sahen uns an.

Ich schwieg.

»Nimm's nicht persönlich«, hörte ich sie sagen, »ich muss los. Aber komm mal wieder vorbei. Wir reden dann über dein neues Projekt. Du hast doch sicher was in der Schublade.« Sie drückte kurz meine Hand und stand auf. »Übrigens, an der Außenwand der Stadthalle hängt ein Werbeplakat für die kommende Theatersaison. Sieben verrückte Personen, Clowns, die erstaunt, entsetzt, fasziniert, gebannt auf etwas schauen, was sich vor ihnen abspielt. Alles absolut skurril, bunt, grell, schrill. Guck dir diese Leute mal genauer an. So soll es bei deiner nächsten Lesung in der ersten Reihe aussehen.« Sie lachte: »Denn vergiss nicht, der Sozialismus ist an seiner Langeweile zugrunde gegangen, zu grau, zu eintönig, fade, moorig«, sie sah mich kurz an, »häng dir das Plakat über den Schreibtisch, am besten auch in der Größe«, und ging.

Ich saß noch ein wenig da, trank den letzten, kalt gewordenen Schluck Cappuccino, guckte mir Menschen an, wunderte mich wieder einmal, warum alle Mädchen oder Frauen meinen, dass sie, wenn sie Leggins tragen, automatisch schöne Beine haben, stand auf und brachte die Tasse weg. Ich bin dann doch noch mal die Feuerleiter hoch aufs Dach gestiegen. Auf dem Autobahnzubringer rote Lichter, endlos aneinandergereiht, wie ein Feuerstrom. Und die Abbieger Funken gleich. Am Horizont die A7. Ewiges Hin und Her. Wie der Schütze im Webstuhl. Faden der Ariadne. Weiß jemand, an welchem Tuch da gearbeitet wird? Lange stand ich da, mir wurde kalt und ich dachte: Ich schreibe nicht mehr.

Auf dem Nachhauseweg traf ich eine Nachbarin. Um die fünfzig. Verheiratet, drei Kinder: 27, 25, 23. Neben ihrem Job im Krankenhaus hat sie noch studiert. Sie hat vor kurzem Examen gemacht. Ihr Chef habe ihr daraufhin gesagt, alle Türen stünden ihr jetzt offen. Als ich sie traf, hatte sie zwölf Tage hintereinander weg gearbeitet. Mit drei Nachtdiensten dabei. Sie war fertig, müde, alle. Ich meine, so eine Frau will doch nur noch schlafen. Oder fernsehen. Oder beides. Aber doch nicht lesen.

Zu Hause saß ich an meinem Schreibtisch und sah hinaus in die Dunkelheit. Die japanische Mädchenfigur hatte ich aufs Fensterbrett gestellt. Anmut und Würde strahlte sie aus. Und eine tiefe Zuversicht. Dann nahm ich eins der Moleskine-Hefte, schlug es auf, strich über die erste Seite und schrieb mit einem neuen Bleistift deutlich lesbar in die Mitte:

Ich schreibe nicht mehr.

Heute gleich morgens mit dem Rad in die Stadt. Treffen mit Sascha. Junges Schreibtalent aus der U21-Schreibwerkstatt des Verlags. Er hatte mir vor kurzem seine letzte Geschichte gegeben mit der »Bitte um Stellungnahme«. Ich hatte ihm gesagt: Bitte um Stellungnahme? Wie klingt das denn? In dem Strafverfahren gegen Sie wegen unerlaubten Waffenbesitzes bitte ich ... oder so. Aber ich sag dir was dazu.

Wir trafen uns auf dem Kleinflecken vor dem Museum und ich zeigte ihm das Plakat an der Außenwand der Stadthalle.

»Ja und?«, meinte er trocken, »kenn ich. Sieben verrückte Personen, Clowns. Theater halt.«

»Okay«, sagte ich, »dann komm, wir trinken erst mal einen Cappuccino.«

Voller Schreibfreude, der Junge, alle Antennen ständig ausgefahren, Welt und Menschen zugewandt. Und einem mächtigen Stück Schokoladenkuchen, das er vor sich auf dem Teller hatte. »Und«, kaute er mühsam heraus, »was sagst du zu meiner Geschichte?«

»Sascha, du kannst schreiben, du kannst erzählen. Das muss ich dir nicht sagen, tue es aber trotzdem. Kommen wir zum Inhalt. Worum geht es bei dir im Kern?

Superreiche einsame Mutter sperrt ahnungslosen erwachsenen Sohn in ihr Schloss-Labyrinth, findet aber auch so keinen Zugang zu ihm, es kommt zur Katastrophe, übrig bleibt der Sohn, der Erbe, jetzt selbst superreich und einsam. Eine gruselige Geschichte. Labyrinth ist gut und hat Lokalkolorit. Ich habe vor ein paar Tagen eine alte Freundin im Krankenhaus besucht. Es ist ein Labyrinth. Neubau, Altbau, Alt-Altbau. Verwirrende Beschilderung und am Wochenende kaum Menschen. Fragte ich jemanden, hieß es ›Den Gang weiter, die Treppe hoch‹ usw. Was fand ich? Verlassene Stationen, verschlossene Türen. Kafkaesk. Kurz vor einer Panikattacke begegnete mir im Keller eine Küchenfee, die sich meiner erbarmte und mich hinausbegleitete. Gegenüber das Gefängnis. Ich dachte: So müssen sich Gefangene fühlen, die nach Jahren das erste Mal wieder in Freiheit auf der Straße stehen. Da war vieles so wie in deinem Schloss.«

Sascha strahlte und schob sich noch ein großes Stück Schokoladenkuchen in den Mund.

»Aber stell dir die Geschichte mal so verändert vor: Der Sohn ist gemeingefährlich, ein Monster, er verlangt Menschenopfer, seine Halbschwester verliebt sich in eines dieser Opfer und hilft ihm, das Monster zu töten und aus dem Labyrinth herauszukommen. Der siegreiche Held, der der Tochter die Ehe versprochen hat, lässt sie auf der Heimfahrt auf einer einsamen Insel zurück.«

»Irre!«, rief Sascha und bestellte sich ein zweites Stück.

»Eben. Was ich damit meine: Der Stoff ist bekannt. Es ist der Ariadne-Mythos. Im Prinzip macht das nichts. Warum soll man alte Geschichten nicht noch einmal erzählen. In einer neuen Sprache und mit einem neuen Umfeld.«

»Was ich tat«, brummte Sascha.

»Was nicht mehr geht, sage ich dir. Diese verrückten Personen auf dem Plakat da draußen sind Schauspieler. Jahrtausende sind Menschen ins Theater und später ins Kino gegangen oder haben sich den Guckkasten ins Zimmer geholt, um sich aufregende Geschichten erzählen zu lassen. Sie haben gelacht, geweint oder gegähnt über Bühnenschicksale von Medea über Faust bis Chaplin. Die Verhältnisse haben sich umgekehrt. Die da oben schauen das Publikum an, uns, und sind entsetzt. Sie sind entsetzt, wenn sie vor sich auf dem Hochregallager die kläglichen Reste des Sagerviertels sehen, die Kristin Grothe gerettet hat: Gebäudefragmente, Fassadendetails, Schriftzüge, Metallschrott, Holz. Das ehemalige Herz dieser Tuchmacherstadt ist in wenigen Wochen zur Schuttwüste geworden, um Platz zu schaffen für ein Einkaufscenter mit Läden, die es überall gibt.

Und schau dir die Welt an: Was da passiert, ist doch viel tragischer als alles, was Schreibende je zu Papier gebracht haben. Dein Schloss wirkt dagegen wie ein Sanatorium. Die Wirklichkeit hat die Phantasie hinter sich gelassen.«

Ich sah seinen leeren Teller. »Und sie fangen an zu schreien, wenn du dir noch ein Stück Schokoladen-kuchen bestellst!« Ich nippte am Cappuccino.

»Aber es ging mir ja gar nicht um diese Geschichte«, warf Sascha ein, »es ging mir um die Darstellung der Einsamkeit des Menschen, des Gefühls des Verlassen-werdens.«

»Dafür gibt es mittlerweile andere Experten«, sagte ich: »Partnersuche im Netz, Therapeuten für Leib und Seele, Ärzte, Theologen, Coacher, Fernsehen, Google, Wikipedia, Facebook, die Volkshochschule, Sing-kreise usw. Über Entfremdung kann Hartmut Rosa besser schreiben als wir. Und für aufbauende Predigten an herausragenden christlichen Feiertagen haben wir Heribert Prantl von der ›SZ‹.«

Ich sah, wie er nach dem restlichen Schokoladen-kuchen in der Vitrine schielte.

»Mit deiner Schokoladenkuchenessstörung würdest du doch auch keinen Schriftsteller befragen, oder? Iss doch mal eine Banane!«

»Warum soll ich denn eine Banane essen?«

Ich schwieg.

»Dann bleibt die Sprache«, sagte er nach einer Weile.

»Richtig«, ich rührte im kalten Cappuccino, »nur, du hast keine eigene Sprache!«

Er sah mich empört an.

»Tröste dich«, versuchte ich ihn zu beruhigen, »ich habe sie auch nicht.« Ich trank den Rest.

»Menschen haben in Jahrtausenden Sprache erworben. Warum sollen sie sie nicht wieder verlieren? Allerweltssprache geht in die Apparate über. Wir verstummen. In Frankreich brennen Bibliotheken, in Südkorea verwaisen sie. Wann hast du das letzte Mal einen Satz gehört, der dich vom Hocker gehauen hat? Bilder bringen Millionen. ›Betty‹ von Gerhard Richter ist genial.«

»Wer ist Betty?«, fragte er.

»Ich weiß es nicht. Man kann ihr Gesicht auch nicht sehen. Trotzdem ist es genial.«

»Und warum ist es genial?«, wollte er wissen.

»Genialität kannst du nicht erklären. Warum ist ›Effi Briest‹ genial?«

»Aber ›Effi Briest‹ finde ich nicht genial.«

»Das kommt noch«, entgegnete ich kurz. »Aber setz das mal in Sprache um! Ich sage dir: Die Poesie des 21. Jahrhunderts ist das Schweigen.«

»Und was rätst du mir?«, fragte er nach einer Weile.

»Du hast dein Abi, du kannst dich in andere Menschen hineinversetzen, du kannst Dinge aus unterschiedlichen Perspektiven betrachten, du schreibst Sätze wie ›Bitte um Stellungnahme‹. Studier Jura!«

Er schwieg, sah auf seinen leeren Teller, sah mich an. Ich sah ihn an.

»Kau da mal drauf rum«, sagte ich. »Und dann: Es ist ja nur meine persönliche Meinung. Wer bin ich? Frag Lisaweta!«

»Anna leitet jetzt unsere Gruppe.«

»Ach, sieh an, Anna. Habt ihr schon eure Stromrechnungen miteinander verglichen?«

»Wieso?«

»Ach, nichts. Also frag Anna!«

Im Aufstehen nahm er noch einen Schokokrümel vom Teller und steckte ihn in den Mund. Als er meinen missbilligenden Blick sah, fuhr er mich an: »Weißt du, nur weil dir nichts mehr einfällt, soll die Poesie der Gegenwart das Schweigen sein?

Tickst du noch richtig?«

Ich radelte wieder nach Hause, mümmelte meine Banane, sah aus dem Fenster und dachte an Lisaweta: Ja, ich besaß tatsächlich eine Schublade mit Geschichten, Ideen, Bildern, Charakteren; Karteikarten, die ich nachts, noch halb im Traum, beim Schein der Nachttischlampe beschrieben hatte, ein Wort, ein Einfall, zu schade, um eventuell wieder vergessen zu werden; kleine Notizbücher, die ich während eines langen Weges oder in der Bahn wie im Rausch vollgeschrieben hatte; Bierdeckel, Hotelrechnungen mit Gekritzeltem; jahrelange Versuche, die Tiefen des Menschen auszuloten, seine Traurigkeit und oft auch Verzweiflung angesichts des Flüchtigen, Vergänglichen, Widersprüchlichen, Abgründigen, Brüchigen überall.

Nachdem ich die Bananenschale in den Eimer mit Biomüll geworfen hatte, nahm ich kurz entschlossen die Schublade heraus, die ganze schwere Schublade, trug sie nach draußen, öffnete die Blaue Tonne, dachte an die Halloweengestalten, das Plakat, verfing mich einige Momente in der Illusion, die da oben sähen entsetzt auf mein Tun und suchten es zu hindern, und kippte schließlich den ganzen Inhalt hinein.

Oben auf lag die Beschreibung einer Erinnerung, wie ich mich als Junge an einem frühen, sonnigen Wintertag auf das lockende, glänzende Eis eines Sees hinausgewagt hatte, wie ich vor Freude und Stolz wie ein Wolf heulte, als es plötzlich unter mir zu knacken und zu ziehen begann und ich mit klopfendem Herzen und bebend vor Angst auf allen Vieren nach endlosen Minuten das rettende Ufer erreichte.

Ich kann mich nicht erinnern, wie ich zurück an den Schreibtisch gekommen bin. Ich weiß nur, dass es irgendwann sehr, sehr dunkel geworden ist.

Ich schreibe nicht mehr.

II

Stumme Novembertage, die sich bis weit in den Dezember hineinzogen. Lange Spaziergänge durch den Stadtwald. Zum Nikolaus brachte Anna ein großes Paket mit Gegenwartsliteratur vorbei. Eduard war gerade unterwegs.
Lustloses Lesen.
Wozu Literatur?

Neujahr. Er saß in seinem Zimmer und sah nach draußen.
Nieselfieselgrauer Morgen. Schwarze Vögel in kahlen Bäumen.
Hinter dem Sportplatz die hohen Buchen. Stumm.

Wo aber war der Schnee vom vergangenen Jahr?

Er nahm die Zeitung, blätterte sie durch, las hier und da über die Schlagzeile hinaus, strich sich einiges an und schaute auf. Viereinhalb. Viereinhalb Tage. Unfassbar.
Er stand auf, spürte Schmerzen im Rücken, reckte sich, zog die Weste straff und sah sich wie Hilfe suchend um. Dort, wo Bücher, Hefte, Karteikästen, die vom Boden bis zur Decke auf Wandbrettern gestapelt waren, genügend Platz ließen, hingen Porträts von Petrarca, Fontane und Kleist: »Es ist eine Welt gegen die Welt zu halten.« In kleinen Lücken klebten Sprüche, Zitate, Aphorismen. Sein Blick blieb hängen an einer als Frage formulierten Antwort des Konfuzius auf den Protest eines Schülers, nachdem der Meister angekündigt hatte, in Zukunft schweigen zu wollen: »Redet etwa der Himmel?«

Er sah aus dem Fenster. Nein. Der Himmel redete nicht. Seit Tagen hing er über Stadt und Wald wie graues, unbeschriebenes Papier. Auf dem Fensterbrett standen inmitten von Steinen, altem Holz und einer goldenen Taschenuhr kleine Tonfiguren. Sie zeigten japanische Schülerinnen, einige schrieben, andere lasen, ein stiller Zauber ging von ihnen aus. Ein Mädchen stand einfach nur da und schaute aufmerksam nach vorn. Ihm wuchs ein kahles Bäumchen aus dem Kopf. Ach, und die alte Nachbarin von nebenan machte auf der Terrasse gerade ihre Übungen. Wie jeden Morgen um diese Zeit stand sie da in ihrem Nachthemd, machte dreimal fünfzehn Kniebeugen, schien dann mit weiten, ausgreifenden Bewegungen die ganze Welt umarmen zu wollen, atmete tief ein und aus und verschwand im Haus. Er wusste, wenn er die Fenster weit öffnete, könnte er später ihr Querflötenspiel hören.

Er nahm das Jackett von der Stuhllehne, zog es über, wischte im Vorbeigehen mit der rechten Hand etwas Staub vom Radio und ging die Treppe hinunter.

Aufrecht gehen.

Krabat, der kleine Münsterländer, kam ihm schwanzwedelnd entgegen, schaute ihn aufmerksam an, drehte aber wieder ab, als er merkte, dass er nichts zu erwarten hatte, stieg in sein Körbchen und sackte schnaubend in sich zusammen.

Viereinhalb Tage. Er goss sich noch etwas Kaffee ein, umschloss mit beiden Händen die warme Tasse und trank einen Schluck.

Frau Salomon, die alte Reinmachefrau, war gekommen, hatte sich umgezogen und stand nun vor ihm. Er betrachtete ihren bunten Kittel, die etwas zotteligen Haare und hörte ihr raues »Guten Morgen«. Sie streckte ihm die Hand entgegen.

»Frau Salomon, ich mache mir Sorgen«, sagte er, ohne ihren Gruß zu erwidern oder die angebotene Hand zu ergreifen.

»Wieso?«

»Viereinhalb«, sagte er, verschränkte seine Hände auf dem Rücken und begann vor ihr auf und ab zu wandern. »Alle viereinhalb Tage vermehrt sich die Zahl der Menschen weltweit um eine Million. Eine Million, die essen, trinken, wohnen, Auto fahren, fliegen wollen, den Klimawandel beschleunigen, knappe Ressourcen verbrauchen, die Schönheit dieses Planeten zerstören; da leben wollen, wo es noch geht. Zum Beispiel hier. Und es gibt jetzt schon so viele.«

»Na, vorher räum ich noch schnell den Tisch ab und wisch durch; denn morgen kommt doch erst einmal der Rest der Sippe.«

»Frau Salomon. Eine zweite Zahl: 67!«

»Was? Rente mit 67? Schön wär's! Is für mich aber nicht drin. Kann ich mir nicht leisten. Ich werd weiter putzen müssen.«

»Was eine sehr sinnvolle Arbeit ist, Frau Salomon. Das wollen wir nicht vergessen. Sie erfreuen damit andere Menschen. Sie werden geschätzt. Sie werden entlohnt. Und zudem hält Arbeit, wie Voltaire schon sagte, drei große Übel fern: Langeweile, Laster und Not.«

»In welch seligen Zeiten hat der denn gelebt? Damit soll der mir mal kommen!«

»Wie auch immer. 67 Cent kostet ein Liter Benzin in den USA!«

»Is ja toll. Bringt mir aber leider nichts. Ich fahr ja Rad.«

»Stellen Sie sich vor, was das für den Klimawandel bedeutet, Frau Salomon. So lernen die Menschen doch nie Energie zu sparen.«

»Warum brennt denn hier 'ne Kerze? Is wieder Geburtstag?«

»Umberto Eco hat heute Geburtstag, Frau Salomon.«

»Ach, der Schuhverkäufer aus Dänemark?«

»Nein, der Schriftsteller aus Italien. ›Der Name der Rose‹ hat er zum Beispiel geschrieben.«

»Und wie heißt sie?«

»Wer?«

»Na, die Rose?«

Er zögerte, ging zur Bücherwand und zog das Buch heraus, sagte dann aber, ohne einmal hineinzusehen: »Ich glaub, sie hat keinen Namen. Oder er wird nicht genannt.«

»Was? So'n dickes Buch, und dann weiß man am Ende nicht mal, wie die Rose heißt?«

»Frau Salomon, das ist in der Kunst oft so: Ein Künstler ist der, der aus einer Lösung ein Rätsel macht.«

»Ich sag's ja, solche Leute bringen alles nur durcheinander. Und die anderen, so wie ich, die müssen dann wieder aufräumen.« Sie lachte ihr raues, meckeriges Lachen.

»Ja, um das Lachen geht es auch. Es geht um die Frage, ob Jesus gelacht hat.«

»O Gott ...«

»Der steckt natürlich auch dahinter. Denn die Geschichte spielt in einer reichen Cluniazenserabtei im Mittelalter. Und da geht es immer um Gott.«

»Wird über den denn jedenfalls etwas gesagt?«

Frau Salomon brachte die Reste vom Frühstück in die Küche.

»Nun«, der Alte blätterte ein wenig, las die Stellen kurz an, die er unterstrichen hatte, ging ihr nach und sagte: »Der Erzähler, Adson von Melk, ein Mönch, schließt folgendermaßen: ›Mir bleibt nur zu schweigen ... Bald schon werde ich wiedervereint sein mit meinem Ursprung, und ich glaube nicht mehr, dass es der Gott der Herrlichkeit ist, ... auch nicht der Gott der Freude, ... vielleicht nicht einmal der Gott der Barmherzigkeit. Gott ist ein lauter Nichts, ihn rührt kein Nun und Hier.‹« Er zögerte, weil er einen Moment über Grammatik und Sinn dieser Fügung nachdachte, und fuhr dann fort, obwohl er nicht recht weitergekommen war, sich dies aber nicht anmerken lassen wollte: »Ich werde rasch vordringen in jene allerweiteste, allerebenste und unermessliche Einöde, in welcher der wahrhaft fromme Geist so selig vergehet. Ich werde versinken in der göttlichen Finsternis, in ein Stillschweigen, ... in jenes Innerste, da niemand heimisch ist ...«

Frau Salomon hatte innegehalten und zugehört. Jetzt schüttete sie Eierschale, Tomatenrest und Kaffeefilter in den grünen Eimer und seufzte: »Na, das kann ja heiter werden. Das baut einen ja so richtig auf und macht Mut. Also, das letzte Geburtstagskind war mir lieber.«

Eduard war selbst etwas verwundert über diese Textstelle. Er hatte andere Erinnerungen an das Buch. So, wie es da stand, hatte er sich in letzter Zeit auch häufiger das Danach vorgestellt. Auf den Namen Gottes konnte man da im Grunde verzichten. Er bemühte sich um Unverfängliches und fragte nach Silvester.

»Silvester? Silvester war ich allein. Meine Tochter kommt doch nur, wenn ich ordentlich was zu essen mach oder sie sonst was abstauben kann. Da bleib ich lieber allein. Erst wollt ich das Buch lesen, das Sie mir mal geschenkt haben. Wie hieß es noch?«

»›So war das mit Booker‹.«

»Richtig. Sie meinten ja, dass ich da auch irgendwie drin vorkäme.«

»›Irgendwie‹ kommen wir Leser in vielen Büchern vor, Frau Salomon. Und vielleicht können wir auch nur mit denen etwas anfangen. Aber mit Ihnen und dem Buch ist das anders.«

»So. Na. Ich hab's jedenfalls immer noch da liegen; denn dann hab ich mir doch 'nen Krimi im Fernsehen angesehen. Geb ich ja zu.«

»Versteh ich.«

»Wieso?«

»Frau Salomon, wer kennt nicht das einfache Bedürfnis nach besinnlicher Ruhe und Muße in der lauten Hektik des beschwerlichen Alltags? Jedoch, wer kennt nicht auch das enttäuschende Scheitern dieser Sehnsucht im Augenblick seiner möglichen Erfüllung, weil man innerlich nicht zur Ruhe gelangt und unfähig bleibt, etwa ein Buch zu lesen, auf das man sich so lange freute?«

»Wie bitte?«

»Das Bedürfnis nach Entspannung, Gelassenheit und Abgeschiedenheit ist ebenso allgemeines Merkmal der menschlichen Existenz wie innere Unruhe und äußere Rastlosigkeit sowie das elementare Bedürfnis nach erregenden Gefühlen und aufregenden Spannungen.«

»Vereimern Sie mich jetzt?«

»Nein, nein. Dieser Meinung war Francesco Petrarca. Er konnte das vielleicht noch nicht so auf den Punkt bringen wie Sie, nun hat er auch vor 700 Jahren gelebt, etwa zur Zeit des Namens der Rose, aber im

Grunde hat er das wohl so wie Sie empfunden. Übrigens«, er nahm ein kleines Päckchen vom Tablett und gab es ihr, »Sie haben eines meiner Weihnachtsgeschenke mit abgeräumt, Salz aus dem Toten Meer. Ich schenk es Ihnen. Bin sowieso nicht so fürs Baden. Und ›Totes Meer‹ weckt unangenehme Assoziationen. Noch. Wenn ich allerdings nach draußen schaue ..., egal, aber zu Ihnen passt es.«

»Und wieso?«

»Na, ich denke, dass Sie in direkter Linie vom König Salomon abstammen, dem König von Juda, Israel und Jerusalem. Dann wäre das hier so etwas wie das Salz der Heimat.«

»Und was war das für einer? So ohne weiteres nehm ich die Verwandtschaft nicht an. All die Adelshäuser heute, wie viel Bruch ist dabei. All die Affären, Skandale. Ich les ja nicht die ganzen bunten Blätter. Aber hört man ja trotzdem, kriegt man ja mit ...«

»Wie weise Ihr Zweifel ist. Ganz die Ururur-usw.-enkelin des großen Königs. Denn der steht vor allem für Weisheit. Urteile nach der Art: Zwei Frauen behaupten, Mutter des einen Kindes zu sein. Salomon, der Richter, sagt, gut, beide behaupten es, ich hab keine anderen Beweismittel, holt mein Schwert, teilen wir das Kind und jede bekommt eine Hälfte. Nein, sagt da die eine. Tötet es nicht, gebt es der anderen. Ja, sagt da die andere, teile es. Nun, die, die das Kind am Leben lassen wollte, bekommt es.«

»Und war es die richtige Mutter?«

»Ja, in diesem Fall ist die leibliche auch die wahre Mutter. Es gibt die Geschichte auch anders. Aus einer anderen Zeit. Da ist die leibliche Mutter nicht die wahre Mutter und bekommt das Kind auch nicht.«

Frau Salomon gackerte: »Und da hatte dann wieder ein Künstler die Finger dazwischen.«

Unterdessen war Krabat aus dem Körbchen gestiegen, hatte sich gestreckt, erst vorn, dann hinten, ausgiebig gegähnt und guckte nun beide erwartungsvoll an.

»Er muss mal pullern gehn«, sagte Frau Salomon.

»Gehn Sie oder muss ich?«

»Komm, Krabat«, sagte der Alte, »verlassen wir den Kerker und geben dem Teufel keine Chance.«

»Hä?«

»Nicht Sie, Sie sind nicht der Teufel, Frau Salomon, das wär der Ehr nun doch zuviel. Faust, der ewige Wahrheitssucher, der überlegt ganz am Anfang, ob er nicht seine finstere Kerker-Gelehrtenstube mal verlassen und einfach hinausgehen sollte. Hinaus an die frische Luft. Er macht es nicht und die Tragödie nimmt ihren Lauf. Er gerät an den Teufel.«

»Und wird gesagt, wie der aussieht? Das möchte man ja wissen, damit man sich richten kann.«

Eduard sah Krabat an: »Der Teufel begegnet ihm in der Gestalt eines Hundes ...«

Krabat wedelte mit dem Schwanz und fing leise an zu knurren.

»Aber eines Pudels«, fügte Eduard in ruhigem Ton hinzu.

Krabat bellte jetzt entsetzlich.

»Bist du ein Pudel?«, auch Eduard wurde lauter, sodass Frau Salomon kurz entschlossen die Tür öffnete und beide nach draußen schob.

»Bücherwurm«, murmelte sie, »und nie eine Antwort, die einem weiterhilft.«

Der Alte ging mit Krabat vertraute Wege. Links die Carlstraße entlang, dorthin, wo zu anderen Zeiten

Fabrikanten außerhalb der Stadt ihre an Gutshäuser erinnernden prächtigen Villen gebaut hatten und heute verwilderte Gärten, allerlei Bäume, Gestrüpp und Gräben gepflegte Parkanlagen nur noch erahnen ließen. Auf einem schmalen, holprig asphaltierten Weg zu den Sportanlagen und weiter in den Stadtwald hinein. Der Nieselregen hatte aufgehört. Aber das graugrummelige Wetter machte aus dem Ganzen kaum mehr als eine Notwendigkeit, bei der Krabat ab und an am Wegesrand schnüffelte und seine Geschäfte erledigte.

Sie schwiegen beide.

Er schlug den Weg zum Rodelberg ein, stieg auf der matschigen Bahn mühsam nach oben, stand dann da mit pochendem Herzen, erschöpfter, als er sich eingestehen wollte, und merkte, dass der Hund ihn erwartungsvoll ansah.

»Vor dem Ersten Weltkrieg«, begann er Krabat zu erzählen, denn er hatte gehört, dass auch ein Tier von Zeit zu Zeit der persönlichen Ansprache bedarf, »war hier Hausmüll und Bauschutt abgelagert worden. Geplant war, darauf ein Bismarck-Denkmal zu errichten.«

Und er demonstrierte dem Hund mit beiden Händen sehr anschaulich und gestenreich die Treppe, den sich nach oben stufenförmig verjüngenden, aus Felsgestein zusammengefügten Turm, einem Wehr- oder Wachtturm ähnlich, deutete Pfeiler, Kanten, Bögen und Verzierungen an und vergaß auch nicht die Außenplattform, die er oben vermutete. Krabat bemühte sich offensichtlich, etwas zu verstehen, suchte, so schien es, den Himmel nach einem Vogel ab, sah aber keinen und wurde unruhig. »Stell dir vor«, lachte der Alte, »der Turm wäre gebaut worden.

Wir hätten hier deutsche Geschichte einiger Jahrhunderte in einem Bild zusammengefasst: Hinter uns Schule und Straßen, die nach Kant, Bach und Mozart benannt worden sind, Beispiele von Klarheit und Schönheit in der Musik und in Gedanken, die zum ewigen Frieden führen sollten, hier der Stein gewordene Hochmut des Reiches und vor uns die Rolltreppe abwärts, was daraus wurde«, und sein Blick ging über die Rodelbahn geradewegs weiter zu den Findlingen mit den Namen der toten Soldaten des Ersten Weltkriegs, denen noch weitere Steine für die Opfer des Zweiten hinzugestellt werden mussten, und weiter links, jenseits der Bahn, standen die Häuser, die für die Flüchtlinge aus dem Osten gebaut worden waren.

Und er dachte dem nach und kam von einem zum anderen, verfing sich bei Petrarca auf dem Mont Ventoux mit dem Blick über Berge und waldige Hügel hin zu Rhône und Mittelmeer, heraus aus der mittelalterlichen Enge, hin zum Horizont und über ihn hinaus, nichts schien unmöglich, willkommen im Anthropozän. Bis er bemerkte, dass der Hund sich längst wieder auf den Heimweg gemacht hatte.

Und er folgte ihm, so rasch er es vermochte ...

Sobald er die Tür aufgeschlossen hatte, drängte Krabat hinein und in die Küche. Während er seine Jacke aufhängte, die Hände ausgiebig wusch und abtrocknete, hörte er das gierige Schlabbern und Fressen des Tieres.

Im Wohnzimmer sah er Frau Salomon Staub wischen, und er wollte schon an ihr vorbei nach oben gehen, als sie ihn ansprach: »Wissen Sie was?«

»Mit Sicherheit zu wenig, Frau Salomon, viel zu wenig, was mir gerade wieder deutlich wurde, als Krabat und ich auf dem windigen Berg über deutsche Geschichte disputierten; wie rätselhaft das Ganze, dubios, dubios. Aber den Berg kümmert es nicht. Er steht da, bereit für jedermann zur freien Erkenntnis, sinnlich und allgemeingültig zu erfahren, wie schnell man von oben nach unten kommen oder sogar als Schriftzug an einem Stein enden kann.«

»Kenn ich: Hochmut kommt vor dem Fall. Wenn ich mal denke, ach, eigentlich geht's, dann stoß ich mir das Knie an so'nem dämlichen Heizkörper und sag mir: Siehste, Salo, das hast du nun davon. Aber ich kenn auch ein Rätsel. Als Sie mit dem Hund los waren, da musste ich noch mal an den letzten Geburtstag denken.«

Sie ging zum Tisch, nahm ein Buch und sah auf den Einband: »Fontane war das.«

»Richtig.«

»Das war doch vor ein paar Tagen. Da wollten sie auch mit Krabat los. Und dann haben Sie erst noch diese Stelle aus dem Buch vorgelesen.«

»... in diesen Krankheitstagen, die doch fast meine schönsten gewesen sind«, warf er ein.

»Ja, richtig. Da geht die junge Frau doch auch mit dem Hund los. Es ist Frühling und beide sind sehr, sehr glücklich.«

»So ist die Stelle wohl zu verstehen, ja.«

»Ich wollt das noch mal lesen. Das war so schön. Ich hol also das Buch. Wusste ja noch, wo das stand, schlug es auf, und was seh ich? Überall sind Sätze rausgeschnitten! Gucken Sie mal!«

Sie blätterte die Seiten des Buches wie beim Daumenkino auf.

»Da fehlt überall was. Löchrig wie ein Schweizer Käse.«

Er wandte sich ab, trat ans Fenster und sah über den Garten hinweg auf den leeren Sportplatz.

»Geht mich ja nichts an. Irgendjemand muss es ja gemacht haben. Ich mein ja nur. Is ja schade. Wo sind die schönen Sätze geblieben?«

Er sagte nichts, was sollte er auch sagen. Die Wendung »beredtes Schweigen« fiel ihm ein.

»Sehen Sie, Frau Salomon«, fing er schließlich an, »Sie sind lange genug in diesem Haus und kennen die Situation. Als Ingeborg von ihrem Mann verlassen worden war und mit Geraldine dieses schöne Haus nicht mehr halten konnte, da vereinbarten wir – das war bei diesem alljährlichen Großfamilientreffen in Baden-Baden –, dass ich hier einzog. Miete und ein bisschen nach dem Kind sehen, das waren ihre Vorteile, ich hatte dafür Familienanschluss. Dann kam Gottlieb, ihr neuer Partner, und jetzt, nach der furchtbaren Geschichte mit Maren und Paul, sind auch noch Jakob und der Hund hier. Das Haus ist groß, aber ich bin über, und ich werde immer mehr zur Last. Gut, in den letzten zwei Wochen war ich Hundesitter; aber Jakob wird seinen Hund nicht noch einmal allein zurücklassen. Jeden Tag hat er angerufen und nach Krabat gefragt.

Und dann: Ich lebe auch hier schon eher abseits von den anderen, jenseits der Maskenbälle, fern der alltäglichen Katastrophen, die mich immer weniger interessieren. Das heißt – und Sie sind die erste, die das erfährt –, ich denke an Rückzug. Ich hab mir schon was Schönes in einem Heim angeguckt. Da der Platz dort beschränkt ist, nehm ich die schönsten

Sätze mit. Ich brauch nur sie. Den Rest kenn ich oder denk ihn mir.«

»Moment«, Frau Salomon schluckte, »dann fehlen auch in den anderen Büchern hier Sätze?«

Eduard nickte: »In vielen.«

»Also die ganze Bücherwand mehr oder weniger ein Schweizer Käse. Alles Fassade. Nur die Buchrücken noch ganz!« Sie sah sich mit großen Augen um: »Und das haben Sie gemacht? Sie haben ...? Sie als Bücherwurm haben es übers Herz gebracht, mit einer Schere in die Seiten von ›Effi Briest‹ zu schneiden? Haben Sie mir nicht gesagt: Bücher leben. Die Personen sind lebendiger als viele Menschen. Dann muss das für Sie doch wie Mord gewesen sein. Dann hat hier ja ein richtiges Massaker stattgefunden. Sie müssen doch gedacht haben: Jetzt fließt hier gleich Blut, Menschen schreien um Hilfe, man wird mich verhaften, verurteilen, einsperren. Das muss doch für Sie wie ›Tatort‹ gewesen sein!«

Er räusperte sich.

»Und wieso hat das von der Familie noch niemand bemerkt?«

»Ach, die lesen doch nicht mehr«, sagte er. »Selbst wenn die Kinder was für die Schule brauchen, gibt es neue Exemplare. Dies alles«, Eduard drehte sich einmal im Kreis und zeigte auf die Bücherwände, »dies alles ist nur noch Deko bzw. die Botschaft: Gebildet sind wir auch.« Nach einer kleinen Pause fügte er hinzu: »Nun wissen Sie's. Und wenn Sie mich nicht verraten, dann geht das schon.«

»Na, Sie sind mir 'ne Marke!«

»Frau Salomon, ich nehm das mal als Kompliment, als dickes Kompliment, ist ein Lob doch so viel wert wie der, der es ausspricht.«

»Aber«, Frau Salomon schluckte, »wissen Sie denn nicht, dass es jetzt so kleine E-Books gibt. Da können Sie diese Bücher und noch viel mehr in der Jackentasche mit sich herumschleppen.«

»So. Ja. Na ja. Ich weiß.« Und wie ein Schüler, der ertappt worden ist, weil er seine Hausaufgaben nicht gemacht hat, fügte er hinzu: »Johann Gutenberg erfand 1445 den Buchdruck mit beweglichen Lettern.« Er schwieg eine Weile und sagte dann leise und wie abwesend: »Manchmal glaube ich, dass ich eigentlich damals hätte leben sollen. Ich hab mich in der Zeit geirrt, verlaufen in den Jahrhunderten. Ich gehör hier gar nicht hin.« Er zwickte sich in den Arm: »Vielleicht gibt es mich gar nicht.« Und lauter: »Wenn es still ist, sehr still, hören Sie dann eigentlich auch manchmal diese entsetzliche Stimme, wie ein Schrei, wie ein ohrenbetäubender Schrei des Universums? Hören Sie das, Frau Salomon?«

»Nein, hör ich nicht. Nichts Universum. Das ist Ihr Tinnitus. Wie oft hab ich Ihnen schon gesagt, Sie sollen mal zum Ohrenarzt gehen. Im Übrigen ...«, sie ging ein paar Schritte auf ihn zu, »bleiben Sie man mal ganz cool. Ich verrate Sie ja nicht. Meine Hand drauf, Herr Eduard«, Frau Salomon wurde feierlich.

Der Alte wich erschrocken zurück. Und während er langsam zur Tür ging, fügte er hinzu: »Sie wissen, das muss so gehen, ohne Händedruck. Nichts gegen Ihre Hand, aber neun von zehn Infektionen werden über die Hände weitergereicht. Unsere rechte Hand ist so etwas wie ein Reisebus für Keime, Bakterien, Gifte, Säfte und Schleim aller Art. 40 bis 50 000 Patienten sterben pro Jahr an Krankenhausinfektionen. Ein Händeschütteln ist daher beinahe so etwas wie gemeinschaftlich verabredeter Selbstmord!«

Er verschwand nach oben.

»Spinner!«, warf sie ihm hinterher und lächelte.

Tags darauf waren alle wieder da. Eduard hatte im »Glasperlenspiel« geblättert und sich mit Josef Knecht gerade auf den Weg zu den Menschen gemacht, als er bemerkte, wie Krabat sich plötzlich in seinem Körbchen aufrichtete, hellwach, ganz da und doch weit weg, alle Sinne offenbar auf einen fernen Punkt gerichtet, auf ein Signal, das er empfangen haben musste, zart, fein, hauchdünn, aber so, dass er witterte, zweifelte, ahnte, schließlich aus dem Körbchen stieg, sich vor die Tür legte, voller Gewissheit aufrichtete, mit dem Schwanz freudig hin und her wedelte, ungeduldig zu jaulen, zu singen begann, zurückwich, als die Tür sich öffnete, und dann an vielen Beinen und Koffern und Taschen vorbei auf Jakob zustürzte, ihn ansprang, sich umfassen und schütteln ließ, bis beide auf dem Teppich lagen, Krabat auf Jakob herumkletterte, der ihm pausenlos etwas erzählte, was nur der Hund verstand.

Eduard ging nach kurzer allgemeiner Begrüßung nach oben, um dem ganzen Aus- und Einräumen zu entgehen. Er setzte sich an den Schreibtisch, sah eine Zeit lang hinaus, über die Sportanlagen hinweg in das graue Geäst des Stadtwalds hinein und notierte dann mit seinem alten Bleistiftstummel ein paar Worte, die ihm bei dem Begrüßungstaumel zwischen Jakob und Krabat eingefallen waren und die er nicht noch einmal vergessen wollte. Vor ein paar Tagen, nachmittags im Café, er hatte gerade die Jacke über die Stuhllehne gehängt, bemerkte er, wie am Nebentisch eine Frau einen Brief schrieb. Da dies nicht eben häufig vorkam in den Cafés dieser Stadt, ihm selbst aber viel bedeutete, aus diesen Gründen gleichsam wie magisch angezogen von dieser Szene, sah er ihr, ohne böse

Absicht, kurz über die Schulter und las: »... viel Kraft ist noch da ...«, wandte sich ab, schämte sich, einem anderen, fremden Menschen zu nah gekommen zu sein, und hatte mindestens einen Cappuccino lang zu tun, über die möglichen Hintergründe, die Geschichte dieser vielleicht 50-Jährigen, die eigene Situation und warum ihn dieser Satz so bewegte, nachzudenken.

Er blätterte in dem kleinen, schwarzen Moleskine-Heftchen, las, was er sich sonst noch in den letzten Wochen aufgeschrieben hatte, als es an der Haustür klingelte und kurz darauf jemand die Treppe hinaufeilte und »Jakob« rief. Eduard erkannte Majas Stimme. Maja, die auf dem Bauernhof von Jakobs Eltern als Schülerin ein Praktikum gemacht, dann ab und zu dort ausgeholfen hatte und allen, besonders Jakob, nah gekommen war wie sonst kaum jemand. Eduard hörte stoßweises Schluchzen, wandte den Kopf und sah durch einen Türspalt die beiden vor dem Fenster stehen. Maja umarmte und drückte Jakob, als wolle sie ihm ein für alle Mal klar machen: Ich lass dich nicht allein, während Krabat sie nicht aus den Augen ließ und Maja ab und zu mit der rechten Vorderpfote anstupste, wie um ihr zu zeigen, auch er bedürfe des Trostes.

Das Weinen ging in ein Flüstern über. Eduard verstand nichts. Die beiden standen da und sahen nach draußen. Maja schien den Jungen wie ein kleines Kind zu wiegen. Es wurde still. Sie wandte plötzlich den Kopf, sah in seine Richtung, und obwohl er nicht wusste, ob sie durch den Türspalt seinen Blick wahrnehmen konnte, erschreckte ihn dies und riss ihn fort von diesem Bild voll Trauer und Trost.

Was aber war mit Jakob?

Seine Eltern, Maren und Paul, waren Ende Oktober spätnachmittags in ihrem Auto auf einem Rastplatz mit Schusswunden in Kopf und Brustkorb tot aufgefunden worden. Auf dem Weg in die Stadt, um Jakob vom Schwimmen abzuholen, hatten sie sich bei dem vielen Verkehr die Zeit genommen, in Ruhe über die Landstraße zu fahren, und nicht geahnt, dass sich hinter ihnen in einem jungen Mann der Frust von vielen Jahren, Hänseleien und Prügeleien in Kita und Schule, Misserfolgen in der Ausbildung und bei Mädchen, so sehr aufgestaut hatte, dass er in seinem getunten 150-PS-Golf, seinem, wie er später sagte, ganzen Stolz, seine Wut über diese, wie er dann zu Protokoll gab, herumeiernden Bauern, über sein Leben und die ganze Welt überhaupt so hochkochen ließ, dass er Paul und Maren, als er sie dann auf einer halbwegs freien Strecke überholt hatte, mit seiner Warnblinkanlage ausbremste und auf einen kleinen Parkplatz lotste, wohin diese ihm folgten – Gründe sind denkbar –, wo dann der Junge ausstieg und, als Paul die Fensterscheibe herunterließ, die beiden mit einer Waffe bedrohte, die er für den Fall, dass jemand, wie er es in der Verhandlung formulierte, ihm ans Auto ging, immer dabei hatte: »Für dieses Herumgeeiere will ich 100 Euro Schmerzensgeld«, habe er gesagt und aus der Distanz, über sich selbst reflektierend, hinzugefügt, er habe wohl auch einmal Macht haben wollen über andere Menschen; was Paul aber, in völliger Verkennung der Situation, nur mit einem »Geh weg mit deinem Spielzeug, mein Junge« und dem Einlegen des Rückwärtsganges beantwortet hatte, sodass er, der Täter, dann geschossen hatte, erst auf den Mann, dann auf die Frau, die mit ihrem Geschrei so genervt habe.

Danach sei er, der Mörder, zu einem Imbiss gefahren, habe sich später zu Hause einen Film angesehen, an den er sich nicht mehr erinnern könne, sei zu Bett gegangen und habe acht Stunden geschlafen, allerdings schlecht geträumt.

So könnte es gewesen sein.
Was alles erklärt.
Und nichts.

Eduard mochte Maja.

Als er hörte, dass die beiden nach unten gingen, folgte er ihnen. Im Wohnzimmer nickte er Maja kurz zu und setzte sich etwas abseits auf den Stuhl vor der Bücherwand. Sie erzählte offenbar von ihrem Psychologiestudium in Heidelberg. Die Blässe ihres ebenmäßigen Gesichts wurde durch die Sommersprossen etwas gemildert, aber in den blauen Augen erkannte er noch das gleiche Leuchten wie beim letzten Mal, als sie sich auf dem Bauernhof getroffen hatten. Jakob und Geraldine saßen mit ihr am großen Esstisch, Gottlieb füllte das Dreiersofa. Und während sie von ihren Vorlesungen und Professoren, ihren Kommilitonen und ihrer WG erzählte, musste Eduard auch an Eichendorffs Studienjahr in Heidelberg vor rund 200 Jahren denken; dem hatten die Burgen und Wälder, die Ruinen und Gärten auf einsamen Wanderungen noch wunderbare Märchen der Vorzeit erzählt; und war da nicht auch ein Mädchen gewesen, eine unglückliche Liebe, ein Mühlrad im stillen Grunde und ... ich weiß nicht, was ich will, ich möchte am liebsten sterben, dann ...?

»An welcher Autobahn liegt eigentlich Heidelberg?«, hörte er Gottlieb fragen, und Geraldine, die sowieso ständig über ihren Apparat wischte, rief: »Pa schreibt gerade, dass er in Shanghai gelandet ist. Der hat einen tollen Job, sag ich euch, bereist die ganze Welt. Das will ich später auch mal. Raus aus dieser ...«, sie kicherte, »Fashion City«.

Geraldine, so sah es Eduard, sammelte Reisen in ferne Länder wie er früher einmal Briefmarken aus aller Welt.

Ingeborg kam herein. Maja fragte sie, wie es denn auf Teneriffa gewesen sei, und Ingeborg beschrieb die Ferienanlage, wie sauber alles gewesen sei, wie gut sie sich alle vertragen hätten und wie freundlich die Menschen dort ... »Hey«, warf Geraldine ein, »Lori will, dass ich nach dem Abi wiederkomm. Ich kann auch bei ihm wohnen. Das ist so geil. Seit er mir den Rücken eincremen durfte, ist er ganz ..., nein, Gottlieb, Lori hört sich nicht nach männlichem Papagei an. Er ist dort Animateur, Bademeister, Trainer, alles, braun gebrannt, witzig, unheimlich witzig ..., nein, Ma, du kannst ganz tiefenentspannt bleiben, ich flieg da nicht hin. Ich will im Mercedes durchs Leben fahren, immer auf der Überholspur und selbst am Steuer sitzen.«

Eduard war drauf und dran zu gehen. Die Sprache Geraldines tat ihm körperlich weh, dieses fordernde, anklagende, sinnentleerte Nölen eines vorlauten Ichlings! Doch als er aufstand, bemerkte Geraldine ihn: »Sag mal, Ed, warum verreist du nicht mal, du hast doch Zeit und Geld genug?«

Eduard straffte sich: »Enzensberger hat alles Notwendige dazu gesagt: ›Der Tourismus zerstört, was er sucht, indem er es findet.‹«

»Oh nein, wen interessiert denn N. Z. Berger?«, Geraldine fasste sich an den Kopf. »Außerdem, da wird nichts zerstört. Hotels entstehen, Arbeitsplätze werden geschaffen. Die Menschen freuen sich, wenn wir kommen. Der Tourismus boomt. Und die, die da Arbeit haben, kaufen dann deutsche Autos. Gottlieb, hab ich recht? Und dann: Reisen bildet! Das hat doch bestimmt auch so ein Klugkopf gesagt!«

»Ich weiß es nicht. Im Übrigen: Du bist der schlagende Gegenbeweis.«

»Hey, Ed, das war gut. So gut, dass du dich darüber doch mal freuen könntest. Wir sind jetzt schon Stunden wieder hier. Hast du schon einmal gelacht? Ein einziges Mal? Und außerdem hab ich in einem halben Jahr mein Abitur!«

»Die Hoffnung stirbt zuletzt.«

»Nix. In der letzten Mathe-Klausur hab ich 8 Punkte. Von Fünf auf Drei! Nun du!«

Eduard zögerte, dann fragte er: »Wer saß neben dir?«

»Markus, wieso?«

»Aha.«

»Die Aufsicht hat nichts gemerkt.«

»Sag mal«, Maja unterbrach die beiden, »was willst du nach dem Abi machen? Weißt du das schon?«

Eduard sah, wie Geraldine sich auf dem Stuhl räkelte. Ihre Jeans reichte bis eben über den Ansatz der Schamhaare, das T-Shirt war hochgerutscht und ließ ein großes Stück Bauch frei, alles streifenlos braun, ihre vollen Brüste zeichneten sich unter dem dünnen Stoff ab. Mit der rechten Hand fummelte sie an ihren spitteligen Haaren herum: »Na ja, mir steht dann ja die Welt offen.«

»Nach dem, was sie eben erzählt hat«, warf Eduard ein, »wird sie wohl Testfahrerin bei Mercedes. Oder sie fährt das kleine rote Auto auf der Carrera-Bahn.«

»Gottlieb«, empörte sich Geraldine, »muss ich mir das gefallen lassen?«

»Die härtesten Sparringspartner sind die besten. Vergiss das nicht!«

»Okay. Weißt du, Ed. Du kannst sagen, was du willst. Du bist alt. Du hast deine Chance gehabt. Ich bin jung. Die Zukunft gehört mir.«

»Himmel, da hilft nur noch beten. Oder es gibt ein paar aus deiner Generation, die auch noch mitreden möchten.«

Geraldine tat eingeschnappt und wandte sich Jakob zu: »Kommt Schoko heute? Nein? O wie schade. Maja, ich hätte dir gern mal Schoko vorgestellt. Schoko schockt.«

Wer aber war Schoko?

Scholastika Dingeldey war 10 Jahre alt, blass und spindeldürr mit dichtem, roten Haar, das sie zu einem Zopf geflochten hatte, der ihr auf dem Rücken fast bis zum Ansatz der Hose herunterhing. »Dein Haar nehm ich sofort«, hatte Geraldine gesagt, als sie Scholastika das erste Mal gesehen und ihre Spaghettistangen dagegen gehalten hatte: »Das Haar ja, den Namen kannst du behalten.« Und in der Tat war ihr Name immer wieder Anlass für Hohn und Spott bei Mitschülern, und auch der Lehrkörper konnte sich ein Grinsen selten verkneifen. Jakob mochte sie vom ersten Tag am Gymnasium, als sie in der 5. Klasse nebeneinander zu sitzen kamen, zufällig, hinten auf der letzten Bank. Sie konnten sich gut riechen, hörten einander zu und vor allem: Sie lasen beide gern. Jakob schützte sie. Zum Beispiel, wenn Mitschüler ihr ans Haar wollten. Und sie schützte ihn. Als das mit Jakobs Eltern passierte und er am nächsten Morgen in der Schule fehlte, war sie nachmittags einfach da gewesen.

»Schoko-Scholastika schockt, Maja. Die ist so nonnenhaft geil, das glaubst du nicht«, lachte Geraldine.

»Scholastika? Hieß nicht die Schwester Benedikts von Nursia so, des Gründers des Benediktinerordens?«, fragte Maja.

»Wow«, rief Geraldine, »und das ist auch der Grund, warum sie so heißt. Die Eltern waren nämlich sehr gläubig und haben sie deshalb so genannt. Mittlerweile haben sie sich getrennt. Sie lebt bei der Mutter, die aus der Kirche ausgetreten ist.«

Gottlieb stand auf und holte sich ein Bier. Es faszinierte Eduard jedes Mal: Gottlieb hatte einen Gang wie John Wayne in seinen besten Tagen, wenn in irgendeiner Blockhütte die Tür aufgerissen wird und eine abgehetzte Gestalt etwas von »Indianern« oder der »XY-Bande« schreit, und er dann den Kaffeebecher beiseite stellt, sein Gewehr greift und zu seinem Pferd geht, rennen oder laufen kann man es nicht nennen, es ist dieser feste, leicht nach vorn gebeugte, in den Hüften schwingende Gang.

»Apropos Kirche, was hältst du von Franziskus?«, fragte Gottlieb und sah Eduard an.

»Er diagnostiziert den Mitgliedern der Kurie spirituellen Alzheimer. Übersetzt: geistige Versteinerung und Abhängigkeit von selbst konstruierten Glaubensüberzeugungen. Auf wie viele Milliarden trifft das noch zu? Dann klagt er über Karrieremacherei, Arroganz, Geschwätzigkeit, Hartherzigkeit. Noch einmal ein paar Milliarden. Aber davon gibt es ja auch dank der Einstellung der katholischen Kirche zur Sexualität genug.«

»Ja, keine Führungsqualitäten«, warf Gottlieb ein, »seh ich auch so. So geht man als Chef nicht mit seinen Führungskräften um.«

Eduard ließ sich hinreißen: »Wir leben noch im Mittelalter. Nur dass frühere Todsünden wie Geiz, Habgier, Neid jetzt wichtige psychosoziale Kräfte sind. Wir tanzen ums Goldene Kalb, und niemanden stört, dass Apple in drei Monaten mehr als 18 Milliarden Dollar verdient.«

Gottlieb nahm einen tiefen Schluck: »Nicht schlecht. Schon zehn Prozent davon könnten wir in der Firma auch gebrauchen.«

Eduard legte nach, wurde leidenschaftlich, ihm fiel ein, was er gerade gelesen hatte: »Wie viel produktiver, unkomplizierter und sonniger könnte unsere Gesellschaft sein, wenn alle die Freude als erstes Karriereziel sähen – und nicht die herkömmlichen Symbole der öffentlichen Anerkennung, die drei aschgrauen Brüder aus der Eiswüste des ewigen Wettbewerbs: Geld, Status, Macht!«

Aber Gottlieb meinte nur: »Na, ab morgen gehen wir wieder alle dem Broterwerb nach, voller Freude, versteht sich. Kinder, deckt schon mal den Tisch. Die Pizza kommt bald. Geraldine, stöhn nicht, du weißt, Kinderarbeit ist bei uns erlaubt.«

Eduard ging nach oben. Auf der Treppe hörte er, wie unten das Wort »wunderlich« fiel.

Er kaute auf dem Wort herum und entschied: Eigentlich ein schönes Wort.

Ein Eichendorff-Wort.

Draußen nur noch Schatten: Die hohen Bäume links und rechts im Garten.

In der Ferne der Wald.

Er las dann lange im »Glasperlenspiel«, las sich fest, bis er wie von fern Schritte hörte, die auf seine Tür zukamen, stockten, sich wieder entfernten.

»Maja?«

»Ja.«

»Warum aber wendest den Schritt du, dem Eremiten versagend des Wiedersehens Freude? Komm herein. Setz dich. Zwei Minuten. Erinnerst du dich an unser letztes Gespräch auf dem Hof, deine Motivation, Seelenkunde zu studieren? Bist du noch auf der Suche nach den Gründen, warum wir Menschen keine vernunftgesteuerten Wesen sind, warum wir die Möglichkeiten, allen Menschen ein Leben frei von Hunger, Krieg, Überwachung und Klimawandel zu ermöglichen, nicht umsetzen, stattdessen unser Geld und unsere Ressourcen für Waffen, Krimskrams und alle möglichen Weltanschauungen und Religionen ausgeben, kurz: warum die Aufklärung jeden Tag wieder scheitert?«

Er sah, dass Maja das Haar im Nacken so locker zusammengefasst trug wie die japanischen Ton-schülerinnen auf seinem Fensterbrett. Und sah sie nicht genauso offen und ernst nach draußen?

»Ja«, sagte sie ruhig, »aber was ich schon kapiert habe, ist, dass alles so unendlich schwierig ist, so kompliziert; dass alle Wissenschaften sich letztlich mit diesen Fragen beschäftigen.«

»Was las ich da?«, warf Eduard ein. »Nicht, dass alles am überlieferten Wissen falsch wäre, aber im Ganzen ist es falsch. Vielleicht steht dem Menschen die eigentliche Schöpfung noch bevor. Vielleicht schwimmen wir alle noch in der Ursuppe.«

Er war jetzt voller Begeisterung: »Möglicherweise ist die Linie zwischen Himmel und Erde noch längst nicht gezeichnet. Vielleicht ist es auch keine Linie. Die Erde ist ein Planet. Wir leben im Himmel. Was soll da eine Linie?«

Eduard sehnte sich danach, noch einmal jung zu sein.

Sie schwiegen, sahen hinaus.

»Weißt du«, begann Maja, »nächsten Monat werde ich für einige Zeit in die USA gehen, und«, sie senkte die Stimme, »ich fahre auch dorthin, wo Booker liegt, wo seine Heimat gewesen ist.«

Eduard hatte das Gefühl, darauf eingehen, etwas sagen oder fragen oder tun zu müssen. Er räusperte sich schließlich, stand auf und holte von einem hinteren Bord einen Karteikasten. »Was wir eben gesagt haben, erinnert mich an das ›Prinzip Hoffnung‹ von Ernst Bloch, 1959 veröffentlicht.« Er nahm eine Karteikarte heraus. »Am Ende heißt es da«, er begann vorzulesen: »Der Mensch lebt noch überall in der Vorgeschichte, ja alles und jedes steht noch vor Erschaffung der Welt, als einer rechten. Die wirkliche Genesis ist nicht am Anfang, sondern am Ende, und sie beginnt erst anzufangen, wenn Gesellschaft und Dasein radikal werden, das heißt sich an der Wurzel fassen. Die Wurzel der Geschichte aber ist der arbeitende, schaffende, die Gegebenheiten um-bildende und überholende Mensch. Hat er sich erfasst und das Seine ohne Entäußerung und Entfremdung in realer Demokratie begründet, so entsteht in der Welt etwas, das allen in die Kindheit scheint und worin noch niemand war: Heimat.«

»Sag«, Maja sah sich die Karteikarte genauer an, »sind alle diese Kästen, die da auf dem Bord stehen, mit Karteikarten dieser Art gefüllt?«

Er nickte.

»Die aufgeklebten Sätze wirken wie die Zeilen eines Telegramms.«

»Kurznachrichten aus weiter Ferne, einer anderen Welt, das Wichtigste, was schnell noch gesagt werden muss, ja«, sagte Eduard, »das hat was davon.«

»Meine Sorge«, sagte Maja, »meine Sorge aber, die gilt Jakob.«

Jakob hatte nie viel geredet.

Im Gegensatz zu Markus in »About a boy« von Nick Hornby. Das Buch war mit im Bücherpaket von Anna gewesen. Eduard hatte es gern gelesen, auch wenn kein Satz dabei war, bei dem er die Versuchung gespürt hätte, zur Schere zu greifen. Markus schien ihm sehr extrem zu sein. Redet wie ein Wasserfall, direkt, offen, fast abgeklärt. Erstaunlich, wie er den Anblick seiner kotzenden Mutter, die einen Selbstmordversuch unternimmt, wegsteckt. Zum Beispiel.

Ihm war klar, Bullerbü oder Lummerland waren gestern. Aber wenn er sich an die Besuche auf dem Bauernhof erinnerte, sah er den Jungen bei den Tieren, mit dem Hund auf den Feldern, im Baumhaus oder an der Kaffeetafel, vor sich ein großes Stück Erdbeerkuchen und neben sich, am Boden, Krabat, der ihn nicht aus den Augen ließ und mit stummer Zärtlichkeit an ihm hing.

Wie auch jetzt.

Die Schule hatte angefangen. Eduard sah durch den Türspalt Jakob über seinen Aufgaben am Schreibtisch sitzen. Leise dudelte Musik. Er klopfte, hörte ein leises »Ja« und trat ein. Krabat kam ihm entgegen, Eduard kraulte den Kopf und fragte Jakob, was er denn so mache, wie die Schule schmecke und überhaupt.
Das sei schon okay, sagte Jakob, er lerne gerade englische Vokabeln.

Sie schwiegen.

»Das ist wichtig«, sagte Eduard schließlich, »Englisch, die Weltsprache. Die meisten Menschen sprechen ja wohl Englisch.« Und dann fügte er noch hinzu: »Die Sprache Shakespeares ..., Salingers ..., Coopers.« Er überlegte und: »Das, was früher einmal das Französische, das Lateinische, das Griechische waren.«

Jakob sah ihn ratlos an.

»Well ...«, Eduard zögerte.

»Sprichst du denn Englisch?«, fragte Jakob.

»Only a little bit, but ..., zu wenig, viel zu wenig«, antwortete Eduard, »well, indeed.«

Er räusperte sich: »Was lernst du denn gerade für Vokabeln?«

»Ach«, sagte Jakob, »es geht immer um eine englische Familie. Mutter, Vater, Kinder. Wie sie Weihnachten feiern und so.«

Eduard dachte mother, father, children. Jakob.

»Und was die so im Winter machen. Wenn draußen dicker Schnee liegt«, sagte Jakob. »Die Mutter backt Kuchen. Die Kinder machen mit dem Vater eine Schneeballschlacht. Oder rodeln. Oder holen Holz aus dem Wald. Für den Kamin.«

»Well«, sagte Eduard.

»Indeed«, ergänzte Jakob. »Und dann sollten wir erzählen, wie es bei uns zu Hause ist. Auf Englisch natürlich.«

Eduard schluckte: »Und hast du auch etwas erzählt?«

»Ja. Von Teneriffa. Dem Hotel. Dem Pool. Am meisten wollten die anderen vom Weihnachtsmann aus Erdbeereis wissen. Den fanden sie echt cool.«

Eduard räusperte sich: »Was heißt denn Erdbeere auf Englisch?«

»Strawberry«, sagte Jakob.

»Ach ja. Die Erdbeere war in der Antike der Liebesgöttin Aphrodite zugeordnet. Ein Lied der Beatles heißt, meine ich, ›Strawberry fields forever‹. Ich weiß nicht, ob das eine Anspielung sein soll.«

»Wessen Lied?«, fragte Jakob.

»Ach, das war früher mal eine Band.« Eduard hätte natürlich jetzt fragen können, welche Bands denn heute so, ließ es aber, trat ans Fenster und sah hinaus in das trübe Grau, das in ein Schwarz überzugehen begann. »Eigentlich«, sagte er, »haben wir hier oben monatelang November. Nass, kalt, dunkel. Ein Wetter, das einen niederstrecken kann.« Er wusste selbst nicht, warum er Jakob das jetzt erzählte. »Ich mag nicht in die Stadt, nicht ins Café. Selbst Stadtbücherei oder Buchhandlungen reizen mich nicht. Ich kenne einen, der in solcher Stimmung aus lauter Verzweiflung auf einem Schiff anheuerte und die Weite eines Ozeans suchte. Aber dazu bin ich zu alt. Dazu war ich immer zu alt.«

»Soll ich dich jetzt Ismael nennen?«, fragte Jakob.

Eduard drehte sich um und sah ihn mit großen Augen an: »Wer Deibel du?«

»Queequeg«, lachte Jakob.

»Du hast also ›Moby Dick‹ gelesen. So, so, das ist ja schön.«

Sie erinnerten sich gegenseitig an Einzelheiten aus dem Roman, und Jakob meinte, er habe beim Lesen immer gehofft, dass Moby Dick am Leben bleibt.

»Warum?«

»Weil er frei sein will. Weil ... auch Tiere ein Recht auf Leben haben.«

»Ja«, sagte Eduard, »da gibt es vieles, was mich auch sehr, sehr wütend macht.«

»Unsere Englischlehrerin«, sagte Jakob, »würde jetzt ihren Lieblingsspruch verkünden: ›Keep calm and carry on‹.«

Eduard sah sich um. »Nicht schlecht«, murmelte er, »und irgendwie typisch englisch.«

Das Zimmer war klein und karg eingerichtet. Bett, Schrank, Schreibtisch mit Computer und Drucker, Stuhl, großes Fenster, an der Wand: Bücherbord und Poster: die berühmte Schwanzflosse eines Wals, Gesichter, die ihm nichts sagten, zwei Menschen in tobender See, in Schwarz-Weiß.

Jakob stand auf und holte seinen »Moby Dick«.

»Ja, schön«, sagte Eduard, »als Jugendbuch, gekürzt. Zu Lebzeiten Melvilles ohne Erfolg. Warum hast du das so genau gelesen?«

»Das war mal Thema meines Buchberichts«, sagte er, denn

Jakob hatte einen Lehrer, der hieß Schwalbe.

Ein schrulliger Alter mit schütterem Haar, schmal, ein wenig schwerhörig, was auch, wie er sagte, mit dem Gesang der Sirenen zu tun haben mochte, der ihm nicht mehr aus den Ohren ging. Andere nannten das Tinnitus. Mit ausgebeulten Hosen und offenem Jackett wehte er mit dem ersten Gong über den Schulhof der Klasse entgegen, alles am Mann: Buch, Brille, Schreibwerkzeug, Schlüssel. In den 5. Klassen begann er mit den »Irrfahrten des Odysseus«, womit sonst, pflegte er den Eltern zu sagen, das ist nun einmal der Anfang, machte weiter mit dem mittelalterlichen »Parzival« und kam in die Gegenwart mit »Nils Holgerssons wundersamen Reisen«.

»Wer bei sich ankommen will, muss vorher unterwegs gewesen sein«, war auch ein Spruch, »und zwar ohne Navi, denn *sapere aude*, habe Mut, dich deines eigenen Verstandes zu bedienen, und außerdem: Die Umwege sind das Entscheidende, die Begegnungen, die sonst nicht stattgefunden hätten.« Eltern liefen Sturm. »Irrfahrten« fanden sie nicht gut. Ihre Kinder sollten wissen wohin. Und die Griechen? Kein Erfolgsmodell. Ob er schon mal etwas von »Neuen Medien« gehört habe. Er aber blieb bei Buch, Tafel, Kreide, Hefte für die Schüler, in die sie richtig, sauber und leserlich zu schreiben hatten. Auch die Sprache wurde an Beispielen aus dem Buch betrachtet: Wie lange fuhr Odysseus warum wohin und erreichte seine Heimat nachdem, obwohl, weil, damit, und »nebenbei lernen wir den ›Ring des Polykrates‹, denn dass des Lebens ungetrübte Freude keinem Sterblichen zuteilwerde, kann man nicht früh genug erfahren. Wir nehmen uns vor«, wie er sagte, »auch in diesem Schuljahr wieder einige Fortschritte im Lesen, Schreiben und Sprechen zu machen. Sie werden bescheiden sein. Aber wir sind optimistisch.« Gottlieb meinte, nur im Non-Profit-Bereich könnten solche Menschen überleben.

Schwalbe war ein Kauz. Ein Fossil.
Vielleicht.
Das Wort »vielleicht« hatte Jakob im letzten Diktat falsch geschrieben.
»Bei Gottfried Benn«, sagte Eduard, »heißt es in einem Gedicht: ›Die Schwalben streifen die Fluten und trinken Fahrt und Nacht‹.«

Jakob wartete offenbar auf eine Erklärung, eine Beziehung, einen Zusammenhang. Vergeblich. »Das war nur so eine Assoziation«, sagte Eduard.

Und es gab ja noch andere Lehrer. Den Mathelehrer zum Beispiel. Ein grauköpfiger, schlanker Mann mit schnellen Bewegungen, wachen Augen und einem schalkhaften Lächeln. Gerad so, als habe er die Weltformel entdeckt, lasse aber die Menschheit gern noch ein wenig zappeln. Sternenfreund und Saxofonspieler. Ab und an wog er die Schultaschen der Kinder, damit sie nicht zu schwer trugen. Und er sorgte sich, dass sie genug tranken. So glücklich wie er konnte nur ein Mensch sein, der sich selbst ständig Aufgaben ausdachte, die genau aufgingen.

Jakob sagte: »Die Wurzel von 169 ist 13. Punkt.«
Eduard zitierte einen Maler: »Eine Linie ist ein Punkt, der spazieren geht.«

Jakob verstand, dass die 13 keinen Spaziergang machte. Und auch nicht unruhig hin und her trat. Was er nie verstehen würde: Warum sich Parallelen im Unendlichen schneiden.
»Tun sie das?«, fragte Eduard. »Dann sind es doch keine Parallelen.«
»Eben.«

Tage später ging Eduard morgens zur Schule. Zum Haupteingang. Stand unter der kleinen, bescheidenen schwarzen Schrift auf weißem Untergrund, dem Namen der Schule, und sah vor sich die große Tür. Etwas eingerückt, was zu verstehen war als Einladung oder bei schlechtem Wetter auch als Möglichkeit, sich unterstellen zu können. Abgeschabte Metallfassungen.

Große Scheiben für kleine Nasen, die sich platt drücken möchten, um zu prüfen, ob sie hier ein Lernen für möglich halten könnten auf Jahre mit Aussicht auf einen Abschluss, der Lust auf ein eigenes Leben macht.

Und rechts daneben die kleine Tür des Ganges, der Hauptgebäude und Lehrerzimmer miteinander verband. Ein gläserner Gang, der jeden Außenstehenden einlud, die Lehrkörper zu betrachten, ihre unterschiedlichen Geschwindigkeiten in Bezug auf den Gong, den Taktgeber des Tages: die, die sich schon vor dem Gong zielstrebig auf den Weg machten, oft mit einem Stapel Hefte unter dem Arm oder einer dicken Tasche, was auf eine Arbeit schließen ließ, die zu schreiben war; dann die, die sich mit dem letzten Ton auf den Weg gemacht hatten; und dann das, was noch nachkleckerte, die einen eilig und hetzend, weit ausschreitend, um Zeit und Boden und einen möglicherweise missbilligenden, fragenden Blick gutzumachen, die anderen behäbig und voll Zuversicht und in heimlichem Einverständnis mit den Schülern ...

Eduard ging links am Schulgebäude vorbei. Am Straßenrand parkte ein altes, kleines Wohnmobil. Auf der ihm zugewandten Seite stand mit schwarzer Schrift auf hellem Grund:

»Her mit dem schönen Leben!«

Er blieb stehen, holte sein Notizbuch aus der Tasche und schrieb den Satz hinein. War es ein Satz? Es klang nach Überfall: Her mit dem Geld! Und bei einem Überfall hat man keine Zeit für einen regelgerechten Satzbau. Er stellte sich eine Situation vor. Ein Mensch, depressiv, melancholisch, unglücklich, traurig, wie auch immer, sieht einen anderen lachen, sieht das Glück, die Leichtigkeit in den Bewegungen. Schließlich geht er auf ihn zu: Her mit dem schönen Leben! Und dann? Holt das Opfer seinen Seneca aus der Tasche, händigt das Buch offensichtlich leichten Herzens dem Täter aus, vielleicht noch unter Angabe der Seitenzahl oder der Kurzform des Rezepts für ein glückseliges Leben: nichts wünschen und nichts fürchten? Eduard wusste es nicht. Immerhin. Hier war jemandem bewusst, dass Geld nicht unbedingt die Voraussetzung für ein schönes Leben ist. Das kam ihm gymnasial vor.

Er sah über den Schulhof. Es war Pause.

Was wusste er von denen, die er da sah? Was mochte in ihren Köpfen vor sich gehen? Netzweltenunterschiede. Wie unwirklich fern aber auch seine Erinnerung: Wir lieben unser sozialistisches Vaterland, sind Freunde der Sowjetunion ...

Das Wort »Humankapital« war das Unwort des Jahres 2004.

Mitten im Gewimmel stand ein großer Weißhaariger in Holzpantinen und Hemd. Trotz der Kälte. Sicher, zum einen wärmte der Bauch. Dann: In der Rechten hielt er einen dampfenden Becher, aus dem er hin und wieder einen gewaltigen Schluck nahm. Mit der Linken gestikulierte er vor einer Schar älterer Schüler. Man redete, man lachte. Der Alte schien aus dem Vollen zu leben.

Ein Mutmachmensch, dachte Eduard.

Wie Donald Duck. Lederstrumpf. Alexis Sorbas.

Einer, der zeigte, dass ein schönes Leben nicht im Fitnessstudio oder bei dm zu haben ist.

Die Aufsicht?

Nein. Die Aufsicht stand im Gang und fror.

Zu ernst nehme er die Schule nicht, sagte Jakob. Da gebe es noch den Schwimmverein. Er trainiere auf lange Strecken, liebe es, eine Bahn nach der anderen zu schwimmen, Anschlag, Wende, Bahn auf Bahn, gleichmäßige Bewegungen. Sein Ziel sei, einen großen See oder den Ärmelkanal zu überqueren. »Mein Vorbild«, er lachte, »ist natürlich Moby Dick! Aber ich habe Angst vor dem, was in der Tiefe ist.«

»Versteh ich«, sagte Eduard, Schiller habe es beschrieben: ein Höllenraum, voll von Meereshyänen mit grimmigen Zähnen. Aber das mit Moby Dick, das finde er gut.

Einmal, als Jakob sich am Beckenrand hochstemmte, um aus dem Wasser zu kommen, war er abgerutscht und mit den oberen Zähnen auf die Kante geschlagen. Der Schmerz ließ bald nach. Was blieb, war eine Zahnlücke. Eduard bemerkte, dass Jakob von da an weniger lachte, auch weniger sprach.

Aber der Zahnarzt wollte da nicht ran.

Und dann gab es ja auch noch Scholastika. Wenn sie Jakob besuchte, schloss er seine Zimmertür auf eine Weise, die jedem deutlich machte, dass sie für sich bleiben wollten. Daran hielt sich sogar Geraldine, die sich im Übrigen am Haar und der ganzen Art Scholastikas nicht satt sehen konnte und schon aufpasste, jedenfalls beim Kommen die Gelegenheit für einen »Talk«, wie sie es nannte, abzupassen. Am liebsten zog sie das Mädchen vor den großen Spiegel im oberen Flur und versuchte ihr mit eigenen Klamotten eine Ahnung davon zu vermitteln, was sie aus ihrem Typ machen könne: »Schoko, du musst versuchen, cool zu sein. Dein Nonnenblick und eine absolut coole Körperhaltung, das macht die Jungs wild.« Sie schüttelte ihr Spaghettihaar und breitete die Arme aus, die enthemmte Meute zu umarmen. »Pass auf, ich zeig's dir. In der Schule haben wir ein, zwei mit Kopftuch, die das auch perfekt drauf haben. Dazu noch total geschminkt. Aber, jetzt!« Eduard machte seine Tür etwas weiter auf, um sich den folgenden Blick, der ihn jedes Mal an die Prada-Models im Magazin der »Süddeutschen Zeitung« erinnerte, die fantastisch blöde gucken konnten, ja nicht entgehen zu lassen: Entsetzlich, dachte er und schritt dann meist ein, aus dem sicheren Gefühl heraus, Scholastika retten zu müssen. Wie zufällig stakste er zum Beispiel mit der Bemerkung aus dem Zimmer: »Ja, Geraldine«, er sprach den Namen in voller Länge wie ein deutsches Wort aus, »wie sagte es vor kurzem ein chinesischer Weiser: ›Der Narzisst ertrinkt in seiner eigenen Welt‹.«

»Eduard, wir sind keine Nazis! Was hat das hier mit Geschichte und Politik zu tun? Hier geht es um

Schönheit. Um Erotik. Davon verstehst du null und nichts.«

So oder ähnlich: Der Zauber war gebrochen. Scholastika befreit.

Und vieles, wenn nicht alles wurde sowieso anders, als sich frisches Frühlingsgrün zeigte und rasch bis in die Spitzen der Bäume wuchs, über denen sich tiefes Blau breit machte. Anfang April beobachtete Eduard spielende Hasen am Rande eines Knicks mit vielen Buschwindröschen und kurz darauf, noch vor dem 1. Mai, die ersten Rapsblüten. Die Nachbarin, die allerlei Kleinwüchsiges in ihrem Garten versammelte und dementsprechend auch die Linden so hatte kappen lassen, dass Eduard von seinem Fenster aus Gesichter in ihnen erkennen konnte; das Rübezahlgesicht eines alten Mannes mit geschlossenen Augen, breitem Mund, Bart, stoppeligen Haaren und geheimnisvollem Lächeln; darunter, im Stamm, das meist strenge Gesicht einer Gouvernante mit eingedrückter Nase und kleinem, verkniffenem Mund; die Nachbarin konnte nicht verhindern, dass die Linden noch einmal mächtig ausschlugen und bald mit vollen grünen Kugeln ihre einstige Pracht erahnen ließen.

Und es dauerte nicht lange, da konnte er im kühlen Schatten der von ihm geliebten hohen Park- und Gartenbäume in W. G. Sebalds Büchern lesen; denn der hatte am 18. Mai Geburtstag.

Mittags Grütze.

Scholastika und Jakob hatten sich angesagt und machten das Essen für Eduard zum Fest. Weste und Krawatte waren Pflicht. Rechtzeitig spülte er den Topf kurz mit Wasser aus, stellte ihn auf die warme Herdplatte, goss Milch ein, schüttete Buchweizengrütze hinein, gab ein paar Rosinen hinzu und fing bei voller Hitze mit einem Holzlöffel an zu rühren. Die

Mengen nach Gefühl und Erfahrung. Schon beim ersten Rühren spürte er, ob alles richtig war, sodass am Ende, nach kurzem Aufkochen und anschließendem Abkühlen, die richtige Festigkeit entstand, nicht hart wie Beton, nicht dünn wie Suppe. Wichtig war das Rühren, ruhig, meditativ; rühren, rühren, rühren, spüren, wie es langsam dicker wurde, die ersten Blubbs zu sehen waren, den richtigen Augenblick abpassen, den Topf von der Platte nehmen, abschalten, weiterrühren, am Rand des Herds abstellen und ein paar Minuten abkühlen lassen. Frisches Obst dazu: Voilà!

Er rief, die beiden kamen und setzten sich. Eduard erhob das Glas auf den viel zu früh Verstorbenen und wünschte »Guten Appetit!« Als Jakob erzählte, dass sie später mit Krabat in den Stadtwald wollten, um Pflanzen zu bestimmen, Scholastika botanisiere nämlich, sprang Eduard auf, eilte ins Wohnzimmer an die Bücherwand, nahm ein Buch heraus, und obwohl er die löchrigen Seiten sah, nahm er es und zeigte es den beiden: »1765«, er war mächtig außer Atem, »hält sich Rousseau in der Schweiz auf, genauer: auf der Petersinsel im Bieler See, die nebenbei die Form eines riesigen Wales hat. Und er fängt dort auch an, die Pflanzen zu bestimmen und in allen Einzelheiten zu beschreiben. Sebald war 1996 dort und hat das hier beschrieben: ›J'aurais voulu que ce lac eût été l'océan‹.«

»Aha«, sagte Jakob. Scholastika habe auf ihrem Laptop eine Karte, die das gesamte Gebiet Schule, Bahnstation, Carlstraße, Stadtwald, Bahnstrecke nach Aukrug und ihr Zuhause zeige. Dort trage sie ihre Ergebnisse ein. »Wenn du nun die eingetragenen Punkte oder Symbole anklickst«, sagte Jakob,

63

»erscheinen das Bild der Pflanze, ihr Name, ihre wissenschaftliche Bezeichnung und weitere Informationen.«

»Ein Herbarium der Neuzeit«, staunte Eduard. »Wir mussten früher Pflanzen sammeln, zwischen Löschpapier in dicken Büchern pressen und trocknen und dann auf Zettel kleben und beschriften.«

Jakob erzählte, dass Scholastika die Pflanzen und Bäume mit Namen anrede. Er verlor sich in Beispielen.

Sie aßen alles bis auf einen kleinen Rest auf, den der Hund bekam, und zogen los, während sich Eduard an den Konjunktiven in der indirekten Rede und am hypotaktischen Geäst der Sätze Sebalds erfreute. Im Grunde hatte er keine Ahnung von Pflanzen. Schon bei den Getreidearten kam er jedes Jahr wieder ins Schwimmen.

Und gegen Abend, als Jakob noch einmal mit dem Hund eine Runde ging, kam Scholastika nach draußen zu Eduard, der unter Bäumen saß, das Buch beiseitegelegt hatte und den Vögeln lauschte.

Sie sah ihn an und fragte ihn, ob er glaube, dass es einen Gott gebe.

Er stand auf, ging ein paar Schritte, kam wieder zurück, setzte sich und sagte: »Ich denke, dass wir Menschen nicht in der Lage sind, diese Frage sicher zu beantworten. Also stelle ich sie nicht.«

Er überlegte und fügte hinzu: »Wichtiger scheint mir, die Probleme lösen zu wollen, die es hier auf Erden gibt. Es sind genug. Große und kleine. Die Lösung dieser Probleme hängt von vielen Dingen ab. Nicht aber von einer eindeutigen Antwort auf die Frage, ob es einen Gott gibt. Denke ich.«

Eduard überlegte, ob er Scholastika nach ihrer Ansicht fragen sollte oder warum sie frage. Er fühlte sich unwohl, weil sie nichts sagte und das Schweigen offenbar für etwas Natürliches hielt. Auch dachte er über Beispiele nach oder Erläuterungen seiner Antwort, fand aber so schnell nichts, was sich nahtlos hätte anschließen lassen.

Sie stand ruhig da und sah, wie ihm schien, etwas traumverloren zum Stadtwald hin.

Dass wir in diese Betschwestern nicht hineingucken können, dachte er, das ist das Kreuz, das *wir* zu tragen haben.

Sie wandte sich zu ihm und lächelte. Da hörten sie das Bellen Krabats, der kurz darauf die Tür zum Garten aufstieß und auf sie zustürmte.

Die ersten Junitage waren heiß. Eduard radelte mal sonnenselig, mal schattenhungrig auf einsamen Feldwegen; das Getreide stand hoch, der Mais kümmerte vor sich hin. Ein Bussard kam ihm nah. Hasen kreuzten den Weg. Kühe sah er selten, eher Pferde; einige trugen Decken im Zebra-Look. Immer gleiche Vogelstimmen schienen ihn zu begleiten. Nicht satt sehen konnte er sich an den lichtdurchfluteten Alleen.

Er fühlte Leben.
Lange suchte er nach einem Wort, das hinreichte, dieses Gefühl aufzubewahren für später. Damit es abrufbar sei für Novembertage. Zum Beispiel.
Vergeblich.

Abends aßen sie alle draußen auf der Terrasse. Gottlieb fragte Geraldine nach dem mündlichen Abitur.
»In Geschi, ja«, antwortete sie. »Mein erstes Thema ist die EU.«
»Ganz allein vor dem Prüfungsausschuss«, sagte Ingeborg, »ich erinnere das noch ganz genau: Puuh!«
Eduard nahm einen Schluck Rotwein und sagte ausgelassen und fröhlich: »Und ohne Apparat. So lernt sie zum ersten Mal in ihrem Leben die Grundsituation des Menschen in der Moderne kennen: allein.« Er lachte: »Geraldine, ich an deiner Stelle würde die Prüfung mit dem Brecht-Zitat aus dem ›Guten Menschen von Sezuan‹ enden lassen: ›Wir stehen selbst enttäuscht und seh'n betroffen, der Vorhang zu und alle Fragen offen!‹ Und wenn alle gut drauf sind, kannst du es wie zufällig zu einer Freud'schen Fehlleistung kommen lassen, sagst statt

›betroffen‹ ›besoffen‹, um dich natürlich sofort zu entschuldigen und nach den Lachern, die kommen werden, wie beiläufig hinzuzufügen, vielleicht siege ja tatsächlich das Dionysische über das Apollinische, um auf Nietzsche zurückzugreifen. Dann hast du ein ›ausreichend‹ sicher.« Er nahm noch einen Schluck.

»Eduard«, kam es in ungewöhnlicher Schärfe zurück: »Ich weiß nicht, was Frau Nitschke von den ›Kieler Nachrichten‹ damit meint, aber ich weiß, dass wir es zurzeit in Europa mit einer sehr ernsten Situation zu tun haben. Die Europäer, die aus ihrer leidvollen Geschichte nach dem Zweiten Weltkrieg gelernt und eine Zone des Friedens und des Wohlstands geschaffen haben, sehen sich nicht nur durch äußere Probleme herausgefordert, den Ukraine-Konflikt bzw. das Verhältnis zu Russland, das Flüchtlingselend, den Zerfall der arabischen Welt, den internationalen Terrorismus, geschweige denn Weltproblemen wie Klimawandel, Finanzwirtschaft, Informationstechnologien, sondern der Bestand der Union ist auch zunehmend von innen bedroht: Griechenland, das Sonderkonditionen bei Wirtschaft und Währung wünscht, Ungarn, das sich in ein autoritäres, antipluralistisches Land zu verwandeln droht, Rumänien, das im Korruptionssumpf versinkt, Großbritannien, das weniger Europa will; das heißt, bei Währung, Werten und Zielen geht es an die Substanz, und die anderen Staaten müssen sich überlegen, wo die rote Linie liegt, die beim Über-schreiten das Verlassen der Union bedeutet.«

Eduard hatte erst etwas belustigt, dann immer ernster zugehört, schließlich Geraldine kurz angesehen, gleich darauf lang, sehr lang, sodass Jakob, als

Geraldine fertig war, rief: »Wow, ein richtiger Double Take!«

»Was, bitte?«, fragte Ingeborg.

»Ein Double Take«, erklärte Jakob, »ist der Fachbegriff für den doppelten Blick. Man geht an jemandem vorbei, sieht ihn flüchtig an und begreift erst beim Weitergehen, dass man etwas Ungewöhnliches gesehen hat. Also schaut man das zweite Mal genauer hin.«

»Du hast dir die Haare abschneiden lassen«, sagte Eduard, »die sind ja ganz kurz.«

»Typisch Mann«, empörte sich Geraldine, »es wird nicht inhaltlich oder themenbezogen diskutiert, sondern über das Aussehen der Frau.«

»Das war lediglich eine Feststellung, ein Fakt«, erwiderte Eduard. »Alle am Tisch werden mir zustimmen: Deine Haare sind ab, sie sind kurz. Dies ist intersubjektiv wahr und muss nicht weiter diskutiert werden. Unterschiedlicher Meinung könnte man nur hinsichtlich der Bewertung sein, des Geschmacksurteils.«

»Und: Wie sieht es aus?«, Geraldine drehte ihren Kopf wie vor einem Spiegel, um ihn von allen Seiten zeigen zu können.

»Du hast scheinbar aus einer Not eine Tugend gemacht«, sagte Eduard. »Es wirkt asketisch, vielleicht sogar fromm. Es hat was von Kopftuch. Nur ohne Geheimnis.«

»Du sprichst in Rätseln«, Geraldine wirkte enttäuscht. »Du bist manchmal mehr als wunderlich.«

»Dann«, Eduard prostete ihr zu, »wird am Ende wohl doch noch alles gut.«

»Eichendorff, ›Taugenichts‹«, kam es, wie aus der Pistole geschossen, von Geraldine.

»Beinah«, sagte Eduard, »heißt es da doch im Präteritum, und dahin müssen wir erst einmal kommen: ›... und es *war* alles, alles gut!‹«

Und dann, als Krabat an einem sehr nebligen Tag morgens am Stadtwald auf den Bahngeleisen von einem Zug erfasst und zu Tode gekommen war, hatten sich alle Sorgen um Jakob gemacht, der nach den vielen Tränen der ersten Tage wieder ganz still geworden war. Eduard hatte sich bemüht, mit ihm und Scholastika etwas zu unternehmen. Aber als sie einmal zum Baden an einen See gefahren waren und er beobachtet hatte, wie Jakob viele, endlose Minuten mit nasser, tropfender Badehose auf einem dicken Ast gestanden und stumm auf das Wasser gestarrt hatte, da hatte er eine unterrichtsfreie Zeit in der Schule genutzt, mit ihm eine Bootsfahrt zu machen; denn, ja, Eduard besaß einen Schein, weiß der Himmel, aus welchen Zeiten und Umständen, der ihn berechtigte, ein Motorboot zu führen. Und so stachen sie eines schönen Frühsommertages in See. Ohne Furcht und mit viel Proviant wollten sie das große Meer an seinen nördlichen Rändern ein wenig erkunden. Schon bald fühlte sich Eduard mit seinem grauen Bart, den er sich wachsen ließ, fast wie Odysseus, dankte jeden Morgen Poseidon für die ruhige See und erzählte auf seine Weise von Kindheit und Jugend des vielgewanderten Mannes, der auf dem Meere so viele unnennbare Leiden erduldet, und Jakob hätte sich nicht gewundert, wenn plötzlich statt eines Leuchtturms die Mauern Trojas zu sehen gewesen wären.

Eines Nachmittags, seit Stunden waren sie an Strand und Dünen entlanggetuckert, trieb ein schäbiger alter Kahn mit einer Kabine auf sie zu. An Bord eine lustige Schar junger Leute, abenteuerlich gekleidet, bunt zusammengewürfelt, winkend, rufend. Und sei es, dass Eduard die offensichtliche Not dieser Menschen erkannte, sei es, dass ihn der Anblick auch irgendwie an eine alte Benetton-Reklame erinnerte, er drosselte den Motor, war zwar etwas unschlüssig, was er tun sollte, ließ es aber zu, dass der Kahn sich weiter näherte; und als ein Tau geworfen wurde, griff Jakob instinktiv zu, zog den Kahn heran, und schon waren zwei junge Leute an Bord. Sie redeten in einer fremden Sprache auf Eduard ein. Er verstand sie nicht. Als sie sich Zugang zur Kajüte verschaffen wollten, was er ihnen verweigerte, wurden sie lauter, gestikulierten heftiger, drängten ihn schließlich beiseite, und ehe er begriff, worauf er sich eingelassen hatte, war er von den anderen, die mittlerweile auch das Motorboot geentert hatten, umringt. Angst und Zorn stiegen in ihm auf. Er machte ihnen deutliche Zeichen zu verschwinden. Da packten sie ihn, warfen ihn auf den Kahn und schubsten Jakob, der immer noch das Tau in Händen hielt, hinterher. Dann fuhren sie grölend und lachend davon.

Eduard kümmerte sich zunächst um Jakob, der sich zwar sehr weh getan, aber offenbar nichts gebrochen hatte. »Tröstet uns nun«, seufzte er, »die Weisheit des Dichters ›Des Menschen ungetrübte Freude ward keinem Sterblichen zuteil‹? Nicht so richtig oder?«

Was war ihnen geblieben? An Bord fanden sie leere Flaschen und Pizza-Pappen, in der Kabine zerwühlte Schlafplätze. Der ölverschmierte Außenbordmotor lief nicht mehr. Jakob fand einen Schraubendreher, aber Eduard musste ihm sagen, dass er zu Hause ein solches Werkzeug allenfalls benutze, wenn er den Karton eines Weinschlauchs öffne, um auch den letzten Rest herausdrücken zu können, sich aber im

Übrigen auf dem technischen Stand der Jäger und Sammler befinde.

Kurz: Sie besaßen das, was sie am Leibe trugen: Hose, Hemd, Turnschuhe. Alles andere, auch ihre Handys, Papiere, Portemonnaies, waren auf dem Motorboot, das ihnen davonfuhr.

»Keine Angst, Jakob«, versuchte Eduard den Jungen zu beruhigen, »wir sind hier mitten in Europa. Wir finden bestimmt bald einen Hafen oder Menschen, die uns helfen. Diese jungen Barbaren sind sicher auch nicht lange unterwegs gewesen.«

Vorerst trieben sie die Küste entlang und hielten Ausschau. Aber bis auf den einsamen Strand und das Motorboot, das mittlerweile nur noch ein Krümel am Horizont war, sahen sie nur Himmel und Wasser.

Als es dunkel wurde, begannen sie zu frieren und gingen in die Kabine. Sie brachten ein wenig Ordnung in die Schlafplätze, suchten sich die saubersten Decken aus und legten sich hin. Jakob erzählte ihm, dass Scholastika viele Gebete wüsste, sozusagen für jede Gelegenheit. Ob er auch eins wüsste.

Eduard musste lange überlegen. Dann murmelte er: »Herr, wenn du mich rufst, ich bin bereit. Aber bitte nicht heute Nacht.«

Jakob schwieg.

Irgendwann schliefen sie ein.

Möwengezeter weckte sie. Das Boot dümpelte träge in der ruhigen See, lief kurz auf Grund, löste sich wieder. Eduard lag warm. Durch ein Fenster sah er den hellen Morgenhimmel.

Jakob räkelte sich. »Was denkst du, Ed?«, fragte er schließlich.

»Mir sind gerade ein paar sehr schöne Zeilen eingefallen:

›Im sehnsuchtsgetränkten unendlichen Blau zwei
Möwen ihre Kreise westwärts ziehn, nichtachtend des
Fensters begrenzende Kraft.‹«

Er schwieg eine Weile und fuhr dann fort: »Ich weiß
auch noch, in welcher Situation ich sie geschrieben
habe. Es ...«
Aber Jakob schälte sich schon aus der Koje und
krabbelte an Deck. Kühle Luft drang herein.
»Na«, fragte Eduard, »siehst du ein nettes kleines
Café, wo es einen großen Cappuccino gibt, dazu
warmes Brot, einen Joghurt mit Früchten und Müsli?«
»Ich seh wie gestern nur Sand, Dünen, Wasser,
Möwen, lange Schatten. Also, die Mitte Europas hab
ich mir irgendwie anders vorgestellt.«
Eduard wälzte sich aus seinem Schlafplatz, kam
ächzend und stöhnend nach draußen, reckte sich und
blickte in die Runde: »Was sieht der Kundschafter?«,
fragte er Jakob, der schon auf der ersten Düne stand.
»Kein Zeichen von menschlichem Leben«, rief dieser
ihm zu.
Eduard holte noch für jeden eine Decke aus der
Kabine. Dann sprang er an den Strand. Muscheln,
Steine, angeschwemmtes Seegras. Nach links und
rechts Dünenlinien, die sich fern im Dunst auflösten.
Hinter ihm die gleichmütig kabbelige See, kurze,
auslaufende Wellen. Durch den weichen Sand stapfte
er die Düne hoch zu Jakob. »Wir gehen landeinwärts.
Ich glaube, dass der Boden dort fester ist. Los geht's.«
Anfangs machten sie sich noch aufmerksam auf einen
Kaninchenbau, Möwen, Seeschwalben und Austern-

fischer, Lerchen. Doch dann blieben die Vögel zurück. Jakob entdeckte einen Salamander: »Wie ein kleiner Dinosaurier sieht der aus!« Eduard musste an Gottlieb denken. Dunkle Wolken zogen über sie hinweg. Schon bald kamen sie sich wie verloren vor in der Weite der eintönigen Landschaft, diesem verwaschenen Grün, Gelb, Braun, hier und da auch einem schmutzigen Rot, dem Heulen des Windes, der stärker geworden war und in Böen wie rasend durchs hohe Gras hetzte.

Was mache ich hier, dachte Eduard. Ich sollte zu Hause im Schatten der hohen Eichbäume sitzen und Fontanes »Stechlin« noch einmal lesen.

Nach Stunden legten sie sich in eine Mulde. Sie waren durstig und hungrig, Eduard erschöpft. »Merkwürdig«, sagte er, »wie einsam es hier ist. Wenn ich es nicht wüsste, könnte man meinen, wir hätten den Atlantik überquert und streiften durch die Plains im Westen Amerikas. Pass auf, vielleicht sehen wir noch Indianer oder Lederstrumpf!«
»Maja ist jetzt im Land der Dakota«, sagte Jakob, »sie schrieb, es gebe viel zu erzählen.«
»Ja«, seufzte Eduard, »schade, dass sie nicht hier ist.«
Insgeheim machte er sich Vorwürfe. Er hatte den Jungen auf andere Gedanken bringen, ihm Abwechslung, Spaß und ein wenig Abenteuer bieten wollen. Und zunächst waren da ja auch die Häfen und Liegeplätze mit vielen Menschen gewesen, sie hatten gebadet und gemeinsam ihre Route festgelegt, Jakob war wie Moby Dick neben dem Boot hergeschwommen. Aber jetzt? In welcher Gefahr schwebten sie? Was mochte noch alles auf sie zukommen?

Und sowieso spürte er, dass er an enge Grenzen stieß, dass Jakob still, verschlossen und fremd blieb, dass die Unterschiede zu groß waren, dass alles vergeblich war. Und jetzt dies Herumirren in einem Labyrinth von Hügeln aus Sand, Gras und Heidekraut. Sie gingen einem Horizont entgegen, der ihnen so unbekannt war wie der Strand, von dem sie am Morgen aufgebrochen waren. Er hatte das Gefühl, inmitten einer Metapher für das sokratische Wissen von der Unendlichkeit des menschlichen Nichtwissens zu stehen, hätte aber lieber an seinem Schreibtisch gesessen, um es bedächtig durchdenken zu können, als es hier durchleiden zu müssen.

Nach kurzer Pause trotteten sie wieder schweigend mal neben-, mal hintereinander her. Stunden vergingen. Eduard kamen sie wie Ewigkeiten vor. Schließlich blieb er stehen.

Er wusste nicht, wie spät es war, aber er wusste, dass er nicht mehr konnte. Alles tat weh. Am liebsten hätte er sich einfach fallen lassen: im Sand liegen und den Wolken zusehen, den Wind spüren, ab und zu den Schrei eines Vogels hören, Nacht und Tag und wieder Nacht werden lassen, Ruhe finden. Sein Kopf war wie leergefegt. Nordland. Nebelland. Sein Arkadien. Vor wie vielen Leben hatte er so etwas gedacht? Er erinnerte sich, dass nach der hinduistischen Philosophie die letzte Etappe auf dem Weg des Lebens die des Pilgers ist, als Bettler unterwegs, ohne Bindung an Ich und Welt, gleichgültig gegenüber Vergangenheit und Zukunft. Aber wen konnte er in dieser Einöde um etwas bitten?

Plötzlich rief Jakob: »Sieh mal. Da ist eine Spur, ein Trampelpfad. Das muss ein Weg sein, den Schafe häufig gehen. Und wo Schafe sind, da müssen auch Menschen sein. Komm!«

Schon stürzte Jakob vorwärts. Eduard hatte Mühe, ihm zu folgen, und bald hatte er ihn aus den Augen verloren. Nach einiger Zeit hörte er das Bellen eines Hundes, und dann, endlich, sah er von einer kleinen Anhöhe aus eine Ebene vor sich, vorn, im letzten Abendlicht, ein langgestrecktes, flaches Holzhaus in einem hellen Grauton, links eine Terrasse, rechts Anbau, Stall und Garage. In der Ferne das große Wasser. Jakob stand mit einer Frau vor dem Haus. Ein großer Hund schnüffelte an ihm und ließ sich streicheln.

Als er die drei erreicht hatte, wurde er von der Frau, klein, zart, vielleicht Anfang vierzig, blondes, kurzes Haar, grüner Pullover, Jeans, barfuß, freundlich begrüßt: »He, Eduard, ich bin Caroline, willkommen.« Sie sprach deutsch mit einem dänischen Akzent. »Jakob hat mir schon erzählt, dass Piraten euer Schiff geentert haben und ihr jetzt wie Schiffbrüchige durch die Welt geistert.« Sie reichte ihm ein großes Glas Wasser, das er begierig trank. Dann ging sie mit beiden ins Haus. »Ihr könnt bei mir übernachten. Hier sind Badezimmer und Dusche. Wenn ihr etwas zum Anziehen braucht, sagt Bescheid. Irgendetwas von meinem Mann wird passen. Nachher könnt ihr essen, und natürlich könnt ihr telefonieren.« Eduard staunte, sah Jakob fragend an, schwankte zwischen Traum und Wirklichkeit oder auch nur Müdigkeit, zwickte sich, dankte unbeholfen und wollte dann nur noch glauben, dass sie einfach mal Glück gehabt hatten: Er klopfte Jakob auf die Schulter: »Gut gemacht, Pathfinder! Du hast einen neuen Jakobsweg entdeckt.«

Helles Sonnenlicht weckte ihn am nächsten Morgen. Stille. Bis auf den Schrei des Universums, den er immer hörte. Die Matte neben ihm war leer. Mühsam stand er auf. Langsam zog er sich an. In den Räumen, durch die er ging, war wenig zu sehen. Ein einfacher Tisch mit vier Stühlen. Wandschränke mit großen Schiebetüren. Fenster bis zum Boden ließen den Blick ins Weite gehen. Auf einer Düne stand ein Schaf. Wie ein Büffel. Nirgends ein Buch oder ein Bild. Vor einer Wand die Figur einer Madonna. In Lebensgröße. Innen leer, ausgehöhlt. Als er nach draußen auf die Terrasse trat, sah er Jakob mit dem Hund vom Wasser kommen. Fern, auf einer Düne, saß Caroline, mit dem Rücken zu ihm, aufrecht, regungslos blickte sie über die See.

Er hatte das Gefühl, durch das Blau des Himmels in unermessliche Weiten sehen zu können. Alles so klar, so durchsichtig.

Jakob fing schon von weitem an zu erzählen. Dass er mit Bamse, so hieß der Hund, der tatsächlich von Farbe und Größe etwas Bärenhaftes hatte, dass er mit Bamse gebadet habe, dass sie zuvor die Hühner gefüttert und den Schafen Wasser gegeben hätten und er jetzt großen Hunger habe. Eduard staunte. Jakob wusste offenbar auch in der Küche Bescheid, deckte draußen den Tisch, stellte Brot, Honig, Müsli, Milch hin, und als er fertig war, kam auch Caroline von der Düne herab, winkte ihnen zu und brachte dampfenden Kaffee aus der Küche. Bevor sie sich setzte, gab sie den beiden ein Zeichen, still zu sein.

Die Ebene lag im frühen Sonnenlicht vor ihnen. Dünen warfen lange Schatten. Ein paar Schafe zogen mit ihren Lämmern landeinwärts, warmer Wind beugte den Strandhafer und der Kaffee duftete. Leise setzte Musik ein. Eduard erkannte das Adagietto aus Mahlers 5. Symphonie. War das nicht schön? War nicht doch noch alles, alles gut gegangen?

Zugleich aber drängten sich ihm mit der Musik die Anfangsbilder aus Viscontis Verfilmung des »Tods in Venedig« auf, wie die Kamera den Blick von den trüben Wassern der Lagune hebt und die schwarze Silhouette des ankommenden Schiffes gegen einen geheimnisvoll vielfarbigen Himmel erfasst, wie Aschenbach erscheint, melancholisch, überreizt, müde. Eine Ouvertüre des Sterbens.

Als die letzten Töne verklungen waren, sagte Caroline: »Seid mir noch einmal willkommen. Ihr könnt schweigen. So lasst uns jetzt reden.« Und sie fragte Eduard, wo er denn herkomme.

Eduard, der das Gefühl hatte, im Ernst, mit Berechtigung und der Bitte um Genauigkeit gefragt worden zu sein, überlegte und begann, am Ende komme er wohl von den Büchern und ein wenig auch vom Schreiben. Aufgewachsen sei er in der DDR, in Mecklenburg, in einer kleinen Stadt an einem See. An seine Eltern habe er keine eigene Erinnerung. Kurz nach seiner Geburt und vor dem Ende des letzten großen Krieges seien sie als Mitglieder einer Widerstandsgruppe verhaftet und erschossen worden. Onkel und Tante hätten ihn und seinen älteren Bruder aufgenommen, der dann Anfang der 50er Jahre mit einer Freundin in den Westen gegangen sei. Sie hatte in einem Konflikt mit der Schule und der herrschenden Partei auf ihrer Sicht der Dinge bestanden und war daraufhin kurz vor dem Abitur von der Schule verwiesen worden. Ein paar Jahre später habe er selbst auch die DDR verlassen. Danach Abitur, Studium, Ausbildung, Arbeit in einem Verlag, mal auch eine Buchhandlung und nebenbei der Versuch, ein paar eigene Sätze zu schreiben. Und als Caroline schwieg, fügte er hinzu, wo er sich auch zu Hause fühle, das seien einsame Wege in weiten Landschaften mit Bäumen in der Ferne, Wasser bis zum Horizont oder in kleinen Bächen, die sich im Wald oder im Gebirge ihren Weg suchen; das sei eine bestimmte Musik oder Malerei und dann, als er Jakobs Blick wahrnahm, ja, auch die Nähe bestimmter Menschen: »Meide die Menge, aber nicht die Freunde.«

Eduard verstummte, trank etwas und fing an zu essen. So wie er es sage, meinte Caroline schließlich, könne er vielleicht verstehen, wie sie hier für eine bestimmte Zeit an den Rändern von Zeit und Raum lebe. Sie erzählte von der Gegend, in der die beiden sich verirrt hatten, und als sie gemeinsam zu Ende gefrühstückt hatten, zeigte sie ihre Töpferwerkstatt. Was da alles zu sehen war an Gefäßen, Krügen, Bechern, an Scherben, Säcken, Tischen, Werkzeug, Brennöfen! Eduard dachte an seinen Schreibtisch: aneinandergereihte, spitze Bleistifte, der Länge nach geordnet, seit Monaten kaum benutzt, Anspitzer, Radiergummi, Papier. Er nahm etwas in die Hand, was ihn an ein Wollknäuel erinnerte. »Zu der Zeit«, sagte Caroline, »liebte ich Knoten.« Jetzt experimentiere sie viel und arbeite zum Beispiel gerade an einer Schale, die zwar noch die Erinnerung an das Chaos wecke, aus dem sie entstand, dann aber vor allem die Ruhe ausstrahle, zu der sie gefunden habe. Eduard dachte, dass das doch unmöglich sei, überlegte, ob er ihr von den kleinen Figuren auf seiner Fensterbank erzählen sollte, und dann: wie konzentriert sie sprach, wie sorgsam sie mit allem umging, das sie in die Hand nahm, wie wichtig ihr das alles war!

Carolines Handy summte, sie meldete sich und gab es weiter an Eduard. Er ging hinaus. Gottlieb war dran: »Man hat das Boot in der Nähe eines kleinen Hafens gefunden. Wahrscheinlich fehlen nur Bargeld und Proviant. Bei euch alles okay? Ich komm, so schnell ich mich hier freimachen kann. Dann sehen wir weiter.«

Eduard brachte Caroline das Handy, sah, dass sie arbeitete und ging wieder. Ziellos schlenderte er ein wenig durchs Gelände. Er war froh, spürte aber zugleich eine gewisse Unruhe, die er sich nicht erklären konnte. Auch vermisste er seine gewohnte Zeitung, etwas Gedrucktes, was Auskunft über die Welt gab. Er wusste zwar, dass er an dem, was er dort las, wenig ändern konnte, wollte jedoch zumindest Bescheid wissen, da ihn ansonsten – wie eben jetzt – der Gedanke nicht losließ, dass es da draußen noch mehr als sonst drunter und drüber ging. Die da oben oder wo auch immer sie sonst noch steckten, sollten sich nicht einbilden, dass er wegschaue. Das empfand er als seinen Beitrag zur Entbarbarisierung der Welt. Vielleicht war es auch nur die Gewohnheit. So wie er in der Kirche und in der SPD war. Wer so viele Jahre existierte, verkörperte in seinen Augen eine Art Versprechen für die Zukunft. Welches vermochte er nicht zu sagen. Er hätte auch gern die »Jahrestage« von Uwe Johnson weitergelesen. Sie waren sicher noch an Bord. Er hatte nämlich den Verdacht, dass er dort noch etwas für ihn persönlich Wichtiges finden könnte, was er beim ersten Lesen übersehen hatte. Ansonsten hätte er sich vom Autor in gewisser Weise im Stich gelassen gefühlt. Schließlich legte er sich auf eine Liege im Schatten des Hauses, beobachtete Jakob, der mit Bamse herumzog, mit ihm »tanzte«, hörte Caroline in der Werkstatt laut und klar und sehr schön singen und schlief ein.

Sonnenstrahlen weckten ihn. Er stand auf und ging ein wenig herum. In einiger Entfernung sah er Caroline mit Jakob nebeneinander mit dem Rücken zu ihm im hohen Gras sitzen. Bamse lag neben Jakob, der mit seiner linken Hand fast mechanisch den Hund streichelte. An der Bewegung des Körpers erkannte Eduard, dass Jakob sprach. Eduard betrachtete sie aus der Ferne, holte sich aus der Küche einen Becher Kaffee und setzte sich auf die Terrasse. Hin und wieder nahm er einen kleinen Schluck, spürte Wind und Wärme und versuchte das Gedankenkarussell in seinem Kopf zur Ruhe zu bringen.
Die Sonne stand schon tief, als er Caroline und Jakob auf eine sehr vertraute und einverständliche Art kommen sah. Sie umfassten einander. Eduard musste an das Bild von Maja und Jakob denken. Dann hörte er ihre Stimmen aus der Küche, Teller klapperten, Türen wurden geöffnet und geschlossen. Schließlich kam Jakob, deckte den Tisch, schnatterte die ganze Zeit weiter mit Caroline, erzählte offenbar von Scholastika, von der Caroline immer noch mehr wissen wollte, bis Jakob zu fragen anfing und Caroline kaum noch zum Essen kam wegen der vielen Erinnerungen aus ihrer Mädchenzeit, die sie unter vielem Lachen und, wie Eduard fand, mit einigem

schauspielerischen Geschick zum Besten gab. Auch fiel ihm auf, wie oft sie Jakob berührte, ihn stupste oder ihm durch die Haare strich.

Er beobachtete viel unbeschwerte Freude zwischen ihnen.

Nachdem sie gegessen und den Tisch abgeräumt hatten, zog Jakob noch einmal mit Bamse Richtung Wasser davon.

»Er hat mir von seinen Eltern und seinem Hund erzählt«, sagte Caroline nach einer Weile. »Das ist alles sehr traurig. Gut, dass er bei seiner Tante wohnen kann und auch Scholastika und dich hat.«

Eduard schwieg.

Aber er genoss es, neben dieser Frau zu sitzen und ihre Stimme zu hören. Hin und wieder wehte ihr Duft zu ihm herüber.

»Warum lebst du hier so einsam?«, fragte er dann unvermittelt.

»Um in Ruhe arbeiten zu können«, sagte sie.

»Und Ruhe drückt hier in der Tat alles aus«, meinte er und schien mit einer großen Bewegung seiner Hände Himmel und Erde umfassen zu wollen, »Geborgenheit, Frieden, fast eine Art Andacht, die das Leben verehrt. So was wie Yin und Yang, friedlich vereint.«

Sie lächelte, und obwohl ihm in diesem Moment sowohl durch den Anblick seiner Hände – mager, geädert, mit Altersflecken übersät – als auch die Lächerlichkeit seiner weit ausholenden Geste angesichts der Unendlichkeit des Raumes klar wurde, wie winzig er war, redete er einfach weiter: »Ich kann mir gut vorstellen, wie faszinierend das Arbeiten mit Ton für einen jungen Menschen sein kann: Etwas Neues entsteht, etwas, was vorher nicht da war, das hat etwas Schöpferisches. Man kann eigene Gefühle umsetzen, wie zum Beispiel in deiner Knotenphase, die Einsicht in des Lebens labyrinthisch irren Lauf, wie es bei Faust heißt und wie Jakob und ich es auch gerade mal wieder erlebt haben. Du hast gemerkt, wie schwierig alles ist. Danach: der Weg in die Einsamkeit, die Suche nach dem Ursprung, den Wurzeln, der Ausgangsform, dem Gefäß, das Anfang und Ende zugleich verkörpert.«

Sie lächelte: »Du vergisst meinen Mann. Und du vergisst, dass ich noch nicht siebzig bin.«

Aber Eduard ging nicht darauf ein. Er war jetzt voller Begeisterung: »Ich kenne eine Malerin, die seit Jahren vor allem Horizonte malt, diese schmale Linie zwischen Wasser und Himmel. Vielleicht ist da noch ein Punkt, ein Tupfer, Boot oder Tier, mal tauchen auch Umrisse einer Insel auf. Oder denk an ›Genesis‹, Salgado. ›Es war, als hätt der Himmel die Erde still geküsst‹, Eichendorff. ›Indian summer‹, Sidney Bechet. ›Am Anfang schuf Gott ...‹, Verfasser unbekannt usw. Ist es bei dir nicht ähnlich? Die Suche danach, wie alles begann, der Versuch, ein Gefäß für Erde und Universum zu finden, ein Gefäß, das die Schönheit, die Größe, die Würde des Ganzen erahnen lässt. Deshalb auch dieses Haus: entleerte, nur von Licht erfüllte, sich dem Unendlichen öffnende Räume.« Er zögerte und fügte dann noch leise hinzu: »Und was du mit Farbe oder Ton versuchst, das versuche ich mit Sprache. Seit Jahren mit Sprache. Und seit Jahren vergeblich.«

»Vergeblich?«, Caroline zögerte. »Wundert dich das? Schönheit, Größe, Würde des Ganzen. Wie hohl das klingt. Und wäre das nicht auch langweilig? Das klingt so nach ›Edel sei der Mensch, hilfreich und gut.‹ Du weißt ja, in der Kunst ist es so, dass jeder das Werk anders interpretiert. Vielleicht sagt das, was du eben gesagt hast, mehr über dich als über meine Arbeit aus.« Sie schwieg lange und fuhr dann fort: »Ich möchte das donnernde Schweigen der Brandung in Ton formen, die Stille des Windes, der durch das Gras jagt. Ich möchte die Kälte des gebrannten Tons zum Sprechen bringen. Ich will Geschichten erzählen«

»In Ton?«, fragte Eduard. »Das ist doch verrückt.«

»Ja, weißt du denn nicht, dass wir Künstler alle ein bisschen ver-rückt sein müssen?«, sagte Caroline. »Jeder will Geschichten erzählen. Der Fotograf, die Malerin, der Musiker, der Schriftsteller. Auf jedem guten Bild wird eine Geschichte erzählt. Die Welt ist voller Geschichten. Sie wollen erzählt werden. Eichendorff, Sidney Bechet, Salgado, alles Geschichtenerzähler. Und mit der Schöpfungsgeschichte zu beginnen, ist nicht das Schlechteste.« Sie zögerte und fügte dann leise hinzu: »Mag sein, dass ich scheitere oder dass ich mich nur dem nähern kann, was mir vorschwebt, was als Idee oder als Bild, als Szene, als Form plötzlich da ist, mich vor Freude sonst wohin tragen könnte und was ich auch erahne in Musik, Malerei, Poesie, in Augenblicken des Hörens, Sehens, Liebens. Aber versuchen muss ich es.«

Eduard, trunken vor Glück, dachte dem nach, suchte zugleich nach Worten, die das aufnahmen und weiterführten; doch da stand Caroline auf: »Und manchmal«, sagte sie leise, »gibt es solche Momente vielleicht nur im Schweigen.«

»Wenn du da oben auf der Düne sitzt«, warf er ein.

»Bei Wolken, Wasser und Wind, ja.«

Sie ging.

Einige Zeit später machte auch er sich auf den Weg durch die Dünen zum Wasser; schwerfällig, leicht gebeugt, nachdenklich stapfte er durch den tiefen Sand, wackelte viel mit dem Kopf, als führe er Selbstgespräche, und fand erst spät den Weg zurück.

Caroline und Jakob saßen noch auf der Terrasse, hörten Musik und redeten beim schwachen Schein einer Kerze. Eduard setzte sich. Er erkannte »The girl from Ipanema«. In eine Pause hinein fing er an, über die Beziehungen zwischen Moderne, Postmoderne und Neuem Realismus zu sprechen und was das seiner Ansicht nach für die Kunst, für jede Kunst, bedeute. Mitten im Redefluss stand Caroline auf, nahm ihn bei der Hand und sagte: »Komm, lass uns tanzen.«

Er erschrak, zögerte, überließ sich dann aber ganz der Musik und den Bewegungen Carolines.

Jakob war noch wach, als Eduard sich neben ihn legte: »Heute weiß ich kein Gebet, Jakob, wenn du deswegen gewartet hast.«

»Ich erinnere noch, was du gestern gesagt hast: ›Herr, wenn es dich gibt, rette meine Seele, wenn ich eine habe.‹ Das hört sich klug an.«

»Voltaire hat das gesagt.«

»Scholastika betet anders als du und Voltaire.«

»Wie denn?«

»Scholastika sagt, es ist gut, jedenfalls einmal am Tag zu wissen, was man sich am meisten wünscht. Und darum zu bitten. Das nennt sie Gebet. Sie sagt, wer nicht weiß, was er möchte, darf sich nicht wundern, wenn er am Ende etwas ganz anderes bekommt.«

»Das hört sich auch klug an. Und was wünscht du dir in diesem Moment am meisten?«

»Dass wir noch ein bisschen hierbleiben.«

»Das hier erinnert dich alles sehr an zu Hause, nicht wahr? Schafe, Lämmer, Hühner, der Hund, das freie Land.«

»Ja. Da muss ich viel an Mama und Papa denken. Aber ich merke auch, wie ich viel vergesse. Es ist, als ob sie versinken.«

»Das Vergessen kann auch Hilfe, kann auch Schutz sein, die Möglichkeit, an das Heute und Morgen zu denken. Und nicht immer nur an das Gestern, an den Schmerz.«

»Aber ist es nicht auch gemein, wenn es verschwindet?«

»Ich glaube nicht, dass es ganz verschwindet. Du vergisst vielleicht, wie, wo und wann du in den Arm genommen worden bist, aber das Gefühl, das du dabei gehabt hast, das ist tief in dir und lebt weiter in dem, was du denkst und tust.«

»Wenn ich damals nicht gedrängelt hätte, sie möchten mir beim Schwimmen zugucken und beide kommen, dann wäre alles nicht passiert.«

»Du hast keine Schuld. Wenn du sie heute selbst fragen könntest, meinst du, sie würden dir Vorwürfe machen? Sie würden dir die Schuld geben?«

»Warum ist es dann passiert? Wer hat dann Schuld? Wer hat das so gemacht, dass sie auf diesen Menschen trafen?«

»Ich weiß es nicht.«

»Du bist doch sonst immer so klug, so weise!«

»Weise? Brechts ›Legende von der Entstehung des Buches Taoteking auf dem Weg des Laotse in die Emigration‹ beginnt so: ›Als er siebzig war und war gebrechlich, drängte es den Lehrer doch nach Ruh', denn die Güte war im Lande wieder einmal schwächlich, und die Bosheit nahm an Kräften wieder einmal zu. Und er gürtete den Schuh. Und er packte ein, was er so brauchte: Wenig. Doch es wurde dies und das. So die Pfeife, die er abends immer rauchte, und das Büchlein, das er immer las. Weißbrot nach dem Augenmaß. Freute sich des Tals noch einmal und vergaß es, als er ins Gebirg den Weg einschlug. Und sein Ochse freute sich des frischen Grases, kauend, während er den Alten trug. Denn dem ging es schnell genug.‹« Eduard freute sich, dass er den Anfang noch aufsagen konnte; und dieses Mal berührten ihn die Zeilen mehr als sonst. »Da hast du's: Friedfertigkeit, Genügsamkeit, Tierliebe, Langsamkeit und auch wieder das Vergessen.«

»Bist du weise?«

»Nein. Ein wenig Weißbrot reicht mir nicht. Auch nicht ein einziges Buch. Und dann: Ich will nicht vergessen. Ich will möglichst viel erinnern. Genau wie du. Auch wenn ich weiß, wie viel verloren geht.«

»Ist Caroline weise?«

»Ich weiß es nicht. Vielleicht.«

»Du riechst nach Caroline. Sie ist eine Seelenflüsterin. Findest du nicht auch? Sie hat dir heute Morgen genau die Frage gestellt, die die Wildgans Akka am ersten Abend auch Nils Holgersson stellt. Und du hast erzählt. Heute Nachmittag setzte sie sich einfach neben mich ins hohe Gras und sagte: Erzähl mir deine Geschichte, Jakob. Und ich konnte gar nicht anders als erzählen. Von Mama und Papa und Krabat. Und später, als ich hier so lag, ist mir aufgefallen: Mama, Papa, Krabat, Maja haben zwei As. Caroline und Jakob haben A und O.«

»Auch Laotse!«

Jakob war eine Weile still. Dann flüsterte er: »Scholastika hat beides.«

»Und was bedeutet das?«

Jakob gähnte: »Nichts, glaub ich.«

Am nächsten Morgen war Gottlieb da. Von der Frühstücksterrasse aus hatten sie zur Morgenstimmung aus Griegs »Peer Gynt« ein Auto kommen sehen, das Jakob sehr schnell als Gottliebs Daimler erkannt hatte.

Nun saß er bei ihnen und erzählte von dem Stand der Dinge, die das Boot betrafen. Er schlug vor, die Sachen von Bord zu holen und heute noch mit Eduard und Jakob nach Hause zu fahren. Das Boot, das sie sowieso bald hätten abgeben müssen, könnten sie im Hafen lassen. Er redete nahezu ununterbrochen und wollte vor allem von Caroline wissen, wie sie denn für ein solches Haus in dieser Einsamkeit eine Baugenehmigung bekommen habe.

Eduard sah, wie Jakobs Gesicht erstarrte, sah, wie die Hände, die er während der Musik in den Schoß gelegt hatte, und zwar so, dass die linke in der rechten ruhte und die Fingerspitzen der beiden Daumen sich leicht berührten, wie er die Hände nun ganz langsam auf den Tisch legte, und schlug deshalb vor, mit Gottlieb alles zu erledigen und Jakob erst danach abzuholen; was Caroline nutzte, sie zu bitten, aus dem Supermarkt ein paar Dinge mitzubringen.

Bei der Polizei, beim Bootsvermieter ging es sehr schnell. Bis auf Geld und Proviant war alles noch da.

Die Einkaufsliste war für Eduard ein willkommenes Dankeschön für die Hilfe in der Not, und so rollte der voll bepackte Daimler am frühen Nachmittag ein zweites Mal auf den Hof des Künstlerhauses.

Als sie ausgestiegen waren, hörte Eduard bereits Carolines Stimme aus der Werkstatt. Er bat Gottlieb, einen Moment innezuhalten und das Ende abzuwarten. Dann klopfte er und trat ein. Caroline beugte sich gerade über Jakob, der am Fenster über einer Zeichnung saß. Eduard wusste, dass das ein Bild war, das er nie vergessen würde. Es gab ja Momente, die sich als Bild einprägten, abrufbar blieben, manchmal ein Leben lang. Caroline und Jakob: vertraut, konzentriert, leise miteinander sprechend. Sie blickten kurz auf, lächelten. Eduard trat hinzu und sah, dass Jakob versucht hatte, ihren Weg durch die einsame Landschaft mit dem großen Himmel und der Weite des Unbekannten zu zeichnen. Die Figuren wirkten in dieser Unendlichkeit verloren und seltsam geborgen zugleich. »Der Himmel war am schwersten«, sagte Jakob. »Ja, das glaub ich«, meinte Eduard, »da ist so wenig fassbar, so wenig, an das man sich halten kann, so wenig, dessen man sich sicher ist. Aber du hast die Atmosphäre gut getroffen. Nimm das Bild auf jeden Fall mit.«

Und als er mit Caroline hinausging, fragte er sie, ob Jakob das Bild allein ..., »Gewiss, ja, ganz allein«, »... denn«, fügte er hinzu, »auf dem Bild geht der Junge an der Hand des Alten. Wir haben uns aber nicht angefasst. Ich bin mir sicher.«

»Dann«, lächelte Caroline, »ist das vielleicht der Neue Realismus in der Kunst, von dem du mir gestern Abend erzählen wolltest?«

Gottlieb drängte zur Abfahrt. Eduard umarmte Caroline. Sehr lang und sehr fest. Wie für ein letztes Mal. »Wir bleiben in Kontakt«, sagte er. Und war es nun ein richtiger Kuss, den sie ihm gab? Er überlegte. Schließlich saß auch Jakob im Auto und sie fuhren los. Bamse lief noch kurze Zeit neben ihnen, gab dann aber auf und blieb zurück.

»Also Grundstück und Haus«, meinte Gottlieb gleich, »sind an dieser Stelle doch ein paar Millionen wert. Was macht denn ihr Mann? Mit dem Töpferkram kann sie das doch nicht bezahlt haben?«

Eduard zuckte mit den Schultern: »Ich habe mir die Kontoauszüge nicht angesehen, Gottlieb, tut mir leid.« Doch Jakob wusste, dass ursprünglich an dieser Stelle im 19. Jahrhundert ein Maler sich ein Haus gebaut habe, weil er das Wasser, die Landschaft, den Himmel, aber besonders das Licht so faszinierend fand.

»Wie kann man Licht malen?«, meinte Gottlieb.
»Eben«, sagte Jakob, »das hat er sich wohl auch gefragt.«

Vor ein paar Jahren sei das Haus erneuert worden und werde jungen Künstlern zwei Jahre kostenfrei zur Verfügung gestellt. »Caroline hat mir Bilder von ihm gezeigt. Tolle Bilder. Vierzig Bilder hat er hier bis zu seinem Tod gemalt«, schwärmte er.

Sie waren noch auf dem Sandweg, als Gottlieb fragte, wen Caroline wohl gemeint haben könnte, als sie ihn bat, Danijela zu grüßen. Er kenne keine Danijela.

»Warum hast du nicht gefragt?«, sagte Eduard.

»Das ist die Stadttöpferin«, wusste Jakob, »Scholastika hat ihren letzten Geburtstag da gefeiert. Das war cool.«

»Und wieso sagt sie *mir* das?«, fragte Gottlieb noch einmal.

»Na ja«, meinte Eduard, »du bist nicht irgendwer in der Stadt. Da ging sie wohl davon aus, dass du sie kennst.«

Zurück ging es dann sehr schnell.

Was folgte, waren stille Tage.

Im frühen Sonnenlicht wehten Wasserschleier über das Grün der Sportanlagen und verloren sich im Laub der alten Buchen. Eduard suchte den Schatten hoher Bäume, schrieb ein paar Briefe und sah den Bienen zu, wie sie Lavendelblüten umkreisten, den Schmetterlingen, den Schwalben, die hoch am Himmel im letzten Licht der Abendsonne ihre Bahnen zogen, während sich ein Kondensstreifen auflöste und in der Ferne ein Güterzug zu hören war, ganz leise.

»Heute? Ja. Natür... Schön. Ja. 16:30 Uhr. Im Café, wo wir ... Ja. Bis dann.« Volkmar, sein Jugendfreund. Seit 20 Jahren in Brüssel. Ressort: Erweiterung der Europäischen Union.

Eduard hatte ihm immer mal geschrieben, an die Nähe, die gemeinsamen Wurzeln erinnert und ob sie nicht im Alter anknüpfen könnten an das, was einmal Anfang gewesen war. Im letzten September hatte Volkmar ihn besucht, und sie hatten gegessen, getrunken, vor allem aber viel geredet, die beiden Seen im Norden der Stadt umrundet und sich verabschiedet im stillen Einverständnis: nicht für lange. Nun waren es doch wieder Monate geworden. Aber heute!
Eduard freute sich. Ein Gefühl von Leichtigkeit. Das Querflötenspiel der Nachbarin klang fröhlicher, Frau Salomon wirkte weise wie selten; aus lauter Übermut war er drauf und dran, schon mittags ein Bier zu trinken. Konnte es sein, dass Volkmar in Brüssel aufhörte, dass er in seine alte Heimat zog, dass sie sich gemeinsam darin übten,

in heiterer Gelassenheit einer Welt standzuhalten, die sich aufzulösen begann?

Volkmar saß schon da. Kaffee und Kuchen vor sich. Handy am Ohr. Wieder fiel Eduard eine gewisse Ähnlichkeit mit Steinmeier auf. Von Hunden und ihren Besitzern kannte er es, dass sie sich im Laufe der Zeit immer mehr ähnelten. Gab es das auch in der Politik? Hinter der Brille leuchtende Augen im müden, leicht gebräunten Gesicht. Hellgrauer Anzug.

Keine Krawatte. Freizeit. Er war wieder etwas voller geworden.

»Mein Lieber«, Volkmar stand auf und begrüßte ihn.

»Ich freu mich. Eine Konferenz in Helsinki, die früher zu Ende ging. Da hab ich mir gedacht: Kurzer Zwischenstopp, und wir reden mal wieder. Erzähl!«

Und er erzählte. Vom Halloween-Treffen im Verlag, von seinem Leben im Turmzimmer, der abenteuerlichen Bootsfahrt und dem glücklichen Zufall, Caroline getroffen zu haben, von der sommerlichen Ruhe mit Büchern im Schatten der hohen Eichbäume ...

»Du«, unterbrach Volkmar ihn, »jetzt erst seh ich den Spruch an der Wand: Gähnen ist der stille Schrei nach Kaffee. Ah, das ist hübsch!«

»Hübsch?«, Eduard war irritiert. »Was ist das denn für ein Wort?«

»Na ja«, sagte Volkmar, »schön, witzig, geistreich und so.«

»Geistreich? Wenn du gähnst, hab ich nicht interessant genug erzählt; wenn du ein Buch von mir liest und gähnst, hab ich als Autor versagt. So ist das heute!«

»Ich hab kein Buch von dir gelesen!«

»Was? Du hast kein ...?«

»Nein. Ich glaub, ich hab einen anderen Geschmack. Ab und zu mal 'nen Krimi. Das war's. Schau, vor kurzem hast du mir doch dieses Buch geschickt, von einem Autor hier aus der Gegend, irgendwas mit ›Booker‹. Ehrlich, ich brauchte nur zu lesen, was hinten drauf steht, und ich wusste, wohin die Reise ging. Wir müssen unser Leben ändern und bla und blubb. Das hört sich an wie die neue Umweltenzyklika des Papstes. Das sagt doch alles. So einfach sind die Dinge nicht!«

Eduard schluckte.

»Nimm's nicht persönlich. Aber da draußen weht ein anderer Wind: Raue See, das Schiff schaukelt gewaltig, wir müssen uns alle festhalten ...«

Volkmar suchte offenbar nach weiteren Worten, dieses in Eduards Augen jahrhundertealte, abgegriffene, längst untergegangene und angesichts dessen, was auf dem Mittelmeer ablief, peinliche Bild vom Leben als einer Schiffsreise zu vervollständigen. Ihm fiel aber nichts ein. Eduard trank den Rest Cappuccino: »Lass uns ein Stück gehen, Volkmar, da draußen ist es herrlich.«

Er zahlte. Sie gingen. Am Teichufer entlang mit Blick auf die Baustelle des Einkaufscenters. Von der Klosterinsel weiter durch den Park, die zweite Reihe mit ihren kleinen Häuschen und Gärten hin zur Haartallee. Er zeigte auf ein Gebiet, wo neue Stadtvillen entstehen sollen. »Vielleicht wär das ja was für dich«, ließ er einfließen. Am Caspar-von-Saldern-Haus vorbei, Volkmar erinnerte sich an die Fotoausstellung im letzten September dort: »Wenn ich heute daran denke – wunderlich, einfach wunderlich«, und dann in die alte Kneipe, in der sie schon einmal waren, Eduard schien es noch gar nicht lange her zu sein.

Weil Volkmar wieder keinen Roten fand, der ihm zusagte, bestellten sie beide ein Guinness, setzten sich nach draußen, blinzelten in die letzte Abendsonne und Eduard fragte: »Nun aber, wie geht's bei dir? Wann hörst du auf?«

Volkmar räusperte sich und nahm einen gewaltigen Schluck: »Weißt du, es hat sich viel verändert. Bei uns hat es Umstrukturierungen gegeben. Aus dem Ressort ›Erweiterung‹ ist das Ressort ›Bestandssicherung‹ geworden. Wir Alten werden plötzlich wieder gebraucht. Mehr denn je. Wir haben die Kontakte, die Erfahrung. Es gab neue Verträge, neue Stellen. Wieder das Leben auf Abruf. Heute Athen, morgen Paris.«

»Aber ...«, Eduard fiel nicht mehr ein.

»Im Grunde ist es ja schön. Es tut gut, gebraucht zu werden. Und es geht um viel. Ich habe dieses Europa mit aufgebaut, von dem wir alle profitieren. Das muss ich dir nicht erklären. Ich kämpfe dafür, dass es so bleibt. Dafür arbeite ich. Ich liebe und lebe Europa.«

Eduard schwieg.

Was sollte er gegen Europa sagen? Es gab Dinge, die waren so groß, dass sich jedes Aber im Ansatz lächerlich machte. Und »Es geht um Europa« war so was wie »Es geht um Leben und Tod«.

»Lass uns reingehen und etwas essen«, sagte Volkmar. Eduard kam sich plötzlich uralt vor, folgte ihm, sah traumverloren in die Speisekarte und sagte bei der Bestellung einfach: »Das Gleiche.«

»Siehst du«, begann Volkmar, »diese Kneipe hier zum Beispiel. Ganz nett. Und so gibt es einige Stellen in dieser Stadt, die ganz nett sind.«

Eduard hatte keine Kraft, gegen »nett« zu protestieren, das er eigentlich auf einer Ebene mit »hübsch« sah. Aber ...

»Und dann Erinnerungen«, fuhr Volkmar fort, »du bist hier, ich kann mit dir reden, du schreibst herrliche Briefe. Die würden allerdings dann wohl wegfallen. Egal, was ich in den letzten Monaten jedoch gemerkt habe: Ich liebe diese Reisen, die Treffen mit alten Bekannten, das Flair der großen Städte, die Kulissen,

Hotels, die neuen Herausforderungen, die unterschiedlichen Sprachen, Gerüche, Farben, Essen, Weine, Gewürze. Schau dir diese Speisekarte an. Ich wette, vor 20 Jahren sah sie kaum anders aus.«

Eduard blieb stumm, merkte aber, dass er sofort Partei ergriff für die Speisekarte. Wer kann schon von sich sagen, dass er so lange gefragt bleibt.

»Du hast mal einen Brief begonnen mit dem Hinweis auf zwei Freunde, so um 1400, Florenz, glaube ich. Beide um die 60. Der eine hat sich aus dem öffentlichen Leben in ein Kloster zurückgezogen, um seine Dinge zu ordnen, sicher im Hinblick auf das Jenseits, und er ermahnt nun seinen Freund, dies auch zu tun. Der Freund, ein richtiger Europlayer für damalige Verhältnisse, will das aber nicht. Er will, solange es geht, Macher sein, mitspielen, das Diesseits in all seiner Fülle erleben.«

»Ja, ich erinnere mich«, sagte Eduard. »Es fällt die schöne Wendung, dass er ihm aus Nächstenliebe die Wahrheit sage, ›die mich das Kostbarste dünkt, was es unter Freunden gibt‹.«

»Genau«, Volkmar richtete sich auf, schob den Teller beiseite, bestellte noch zwei Bier: »Vor allem deswegen bin ich heute hier. In absehbarer Zeit werde ich nicht hier herziehen. Das steht für mich fest. Um ehrlich zu sein: Es reizt mich nicht. Und ich fordere dich auf, zumindest den Versuch zu machen, dein Leben auch noch einmal herumzureißen. Ein wenig.«

»Und warum?«

»Schau«, das schien auch eine Lieblingswendung von ihm zu sein, »als wir noch studierten, erschien Mitscherlichs Buch ›Die Unfähigkeit zu trauern‹. Heute könnte man ein Buch schreiben mit dem Titel ›Die Unfähigkeit sich zu freuen‹. Wir haben verlernt, uns zu freuen, unser Leben zu genießen. Gruselig. Und eigentlich weltweit. Vielleicht würde es uns helfen, wenn sich mehr Menschen einfach nur freuen würden. Viele hätten Grund dazu.«

Eduard unterbrach ihn: »Entspricht das jetzt der Analyse der internationalen Beziehungen, wie sie in Brüssel vorherrscht?«

»Nein. Natürlich nicht. Aber du zum Beispiel gehörst zu denen, die reichlich Grund hätten, sich zu freuen. Hab ich dich schon einmal lachen sehen? Die Richtschnur deines Lebens ist nicht die Freude, sondern der Verzicht. Du verzichtest auf eine schöne eigene Wohnung, auf Auto, Fernsehen, auf große Reisen. Du verzichtest jetzt sogar aufs Schreiben. Wie soll da Lebensfreude entstehen? Schau. Ich möchte einfach, dass du mal was Verrücktes machst, im wahrsten Sinne des Wortes aufbrichst. Wenn du den Geburtstag eines Schriftstellers feierst, gibt es Haferschleim! Ich bitte dich.«

»Buchweizengrütze!«

»Egal. Wenn du zwei Hasen über eine Wiese hoppeln siehst, hüpft dein Herz. Ich wette, wenn ich dir jetzt sage, dass Bananenschalen in unserer Region eine extrem lange Kompostierungsdauer haben, scheust du dich in Zukunft, eine Bananenschale in den Knick zu werfen.«

»Ist das mit der Kompostierungsdauer wahr?«

»Ja, sicher. Deine Streitkultur erschöpft sich in Attacken auf eine spätpubertierende Abiturientin und eine Putze. Ein etwas längerer Spaziergang durch eine Dünenlandschaft wird für dich zum lebensgefähr-lichen Abenteuer. Dein italienischer Freund ist vor 600 Jahren ins Kloster gegangen. Und wenn du jetzt sogar aufs Schreiben verzichtest, auf deine Sprache, dann kommt das einem Schweigekloster verdammt nah. Dein Leben erschöpft sich in der stillen Freude, im Sommer im Garten unter Eichbäumen zu sitzen und Fontanes ›Stechlin‹ zu lesen.«

»Merkwürdig«, sagte Eduard, »genau daran habe ich vor kurzem auch gedacht.«

»Ich stelle mir vor, du siehst ab und zu in die Baumkronen und denkst an Hölderlins Gedicht, das wir im Abituraufsatz interpretieren mussten, an die Eichbäume, die er mit Titanen, mit Göttern vergleicht, fröhlich und frei. Und dabei vergisst du, dass dein Leben nichts Titanenhaftes besitzt. Null und nichts. Zu unserer Studentenzeit«, Volkmar wurde laut, »hätten wir einen Menschen wie dich als Spießer bezeichnet.«

Eduard wurde zum ersten Mal die Bedeutung des Wortes »niedergeschlagen« klar. Genau so fühlte er sich.

»Schau. Denk mal darüber nach. Stimm ein in das Gelächter der Götter. Das nächste Mal verabreden wir uns in einem Café in Florenz. Da wirst du erleben, wie Cappuccino schmecken kann ...«

Er redete noch dies und das. Eduard fand, es hörte sich nach irgendeinem Reiseprospekt an. Europa in einer Woche oder so. Er hörte erst wieder zu bei: »So. Ich muss. Mein Zug geht in 15 Minuten. Willst du mit, oder bleibst du noch?«

»Ich bleibe. Mach's gut, Volkmar.« Eduard versuchte sehr förmlich zu reden: »Schön, dass du mal eingeguckt hast. Es war ein offenes Gespräch in guter Atmosphäre. Wie zwischen alten Freunden. Standpunkte wurden ausgetauscht. Probleme nicht verschwiegen. Wir hören voneinander.«

»Spinner. Mach's gut. Genieß Europa. Lerne, dich zu freuen.«

Sie umarmten sich kurz. Nachdem Volkmar den Raum verlassen hatte, setzte Eduard sich wieder. Er war allein in dem abgeteilten Raum, saß auf einem einfachen Stuhl an einem kleinen Tisch aus Holz. Ein Teelicht brannte. Der Stapel Bierdeckel war etwas verrutscht. Er versuchte einen Turm zu bauen. Vergeblich. Ein Bier wurde ihm gebracht. Er trank es aus. Dann war das Glas wieder voll. Von fern Stimmen, Musik, Tellerklappern.

Freu dich, Europa! Als er aufstand, merkte er, dass sich alles ein wenig drehte. Er versuchte sich mitzudrehen. Es ging leichter als gedacht. Es wurde etwas Schwankendes, Tanzendes. Er fing an zu brummen und zu summen, suchte und fand die Melodie, drehte sich schneller, klatschte den Takt und sang: »Freude, Freude, Freude schöner Götterfunken, Tochter aus Elysium, wir betreten guinnesstrunken, Himmlische, dein Heiligtum, deine Zauber binden wieder, was das Kapital geteilt, Bettler werden Bankers Brüder, wo dein sanfter Flügel weilt ...« Er sang, klatschte, drehte sich, bis er auf einmal merkte, dass jemand im Raum stand. Eine Frau. Kühl. Aufrecht.

Er machte ein paar Schritte auf sie zu: »Sind Sie ... die Freude?«

»Wer soll ich sein?«, kam es etwas barsch zurück.

»Die Freude?« Er kam ein wenig ins Stottern: »T-t-tochter von Elysium?«

»Nee, bestimmt nicht. Ich bin das Taxi, das für Sie bestellt worden ist. Kommen Sie.«

Dass jeder Augenblick im Leben nur ein weiterer Schritt hin zum Tode ist, diese Einsicht war ihm lange nicht so bewusst wie am folgenden Morgen, als er aus unruhigem Schlaf schmerzvoll in den Tag fand.

»Himmel«, empfing ihn Frau Salomon, »an der Stirn haben Sie ja eine richtige Schürfwunde! Wie ist das passiert? Sind Sie gefallen? Möchten Sie sich nicht wieder etwas hinlegen?«

Er nahm einen heißen Schluck Kaffee, ging zum Spiegel, betrachtete die Stelle eingehend und sagte dann: »Zu fallen, Frau Salomon, zu fallen, das ist das eine, das passiert jedem mal, aber liegen zu bleiben, das ist das andere, und das ist schlimmer. Aufstehen, sich schütteln, Neues anpacken. Und wenn das Fallen nur das äußere Zeichen eines inneren Fallens gewesen sein sollte, umso besser. Gerade Krisen bieten Chancen.«

»Kenn ich, kenn ich«, Frau Salomon tauchte den Feudel tief in den Wassereimer, »bei mir heißen solche Krisen Kater, und diese Viecher brauchen einfach Zeit, bis sie wieder verschwunden sind.«

Und so war es denn auch.

Schon ein paar Tage später war er mit Scholastika und Jakob unterwegs, eine Kate anzuschauen, die zur Miete angeboten wurde. Sie hielt, was versprochen worden war: ein paar helle Räume, mitten im Grünen und nicht weit bis zum nächsten Ort. Auch Jakob gefielen die Räume. Außerdem war es bis zum See nicht weit.

»Geht nur baden. Ich setz mich solange ins nächste Café. Wir bleiben in Verbindung.«

Als er nach einem anständigen Cappuccino an dem Häuschen vorbei zum See schlenderte, hörte er schon in einiger Entfernung die beiden planschen und lachen. Und dann sah er sie, wie sie sich aus dem Wasser auf einen Ast schwangen, balancierten und einander hielten. Beide nackt und sehr albern.

Billie Holidays Lied fiel ihm ein: »The same old story of a boy and a girl ... but it's new to me ...«

Am Abend kam Jakob noch einmal zu ihm. Er hatte Nachrichten von Caroline bekommen. Sie flachsten ein wenig herum. Dann sagte Jakob plötzlich: »Weißt du, ich glaube, dass all die Dinge, die Menschen sich kaufen, dass all das nur ein Ersatz für Liebe ist. Und je teurer die Dinge, umso billiger der Ersatz.«

»Aber von Luft und Liebe kannst du nicht leben.«

Jakob schwieg, sah aus dem Fenster und meinte dann: »Sag mir mal, warum alle jungen Menschen unbedingt erwachsen werden wollen.«

»Du siehst, es gibt noch so viele Irrtümer, auch grundlegende, die es zu finden und zu beseitigen gilt.«

Nachdem Jakob gegangen war, simste er Lisaweta eine Einladung für den nächsten Tag zum Frühstück und bekam eine Minute später eine Antwort:

Gähnendes Gesicht, »High Noon« und Smiley.

Er freute sich auch.

III

Ein heißer Tag. Viel zu früh war ich im Café. Ein Tisch war noch frei. Ich setzte mich. Durch das Fenster konnte ich die Menschen beobachten, die vorbeigingen. Mein Blick blieb an niemandem hängen. Kein bekanntes Gesicht.

Schließlich kam die Servicekraft: »Tut mir leid, dass es solange gedauert hat. Aber ich bin heute allein.«

»Wer ist das nicht?«, sagte ich betont ruhig. »Wer ist das nicht? Ich verstehe Sie. Wie immer, bitte.«

Sie nickte, und ich dachte über das Wort »immer« nach. Stimmt doch gar nicht. Was ist schon immer? Vor kurzem war ich mit dem Rad an einem ehemaligen Mitglied der U21-Schreibwerkstatt vorbeigefahren. Auf mein »Wie geht's?« hatte der mit einem lässigen »Immer« geantwortet.

Welch Blödsinn! Es gibt ein Auf und Ab, Anfang und Ende ...

Lisaweta kam im Kostüm: »Offizieller Termin. Ging nicht anders. Aber jetzt freu ich mich!«

Sie bestellte.

»Was war denn?«, fragte ich und sah sie an. Wie jung sie noch war! Die glatte Haut. Das volle, dunkle Haar. War es gefärbt?

»Das Film-Projekt ist geknickt worden. Die Arm-Reich-Problematik ist momentan zu riskant. Superreiche kommen bei vielen nicht gut an. Das haben Befragungen ergeben. Und so ein Abbruch muss natürlich auch geregelt werden. Wie auch immer. Und wie geht's dir?«

Und was war das für ein »Immer«?

Sie bekam einen Cappuccino und ein großes Stück Schokoladenkuchen. Woran erinnerte mich das?

»Um es ganz schlicht zu sagen, Lisaweta, ich bin zuviel allein«, sagte ich.

Sie kaute schon: »Tut mir leid. Ich hab Hunger.«

»Das muss dir nicht leid tun. Hungrig zu sein und etwas essen zu können, empfinde ich als äußerst angenehm.«

»Sascha hat mir erzählt, dass du ein Experte im möglichen Umgang mit Einsamkeit bist«, sagte sie lachend.

Jetzt erinnerte ich mich: »Weißt du, dass er eine Schokoladenkuchenessstörung hat?«

»Ich glaube, er kopiert mich«, antwortete sie, »er hat sich auch einen grünen Pullover gekauft, benutzt das gleiche Handy und so ... Aber: Du bist also zuviel allein. Du fühlst dich einsam. Die Welt wird dir von Tag zu Tag fremder. Selbst die Sprache. Du hast Angst zu verstummen.«

Ich sah sie erstaunt an: »Vereimerst du mich?«

»Nein, nein. Ich will nur sicher gehen, dass ich dich verstehe. Aber sag: War das nicht schon immer so?«

»Gewiss. Aber es ist mehr und es ist anders.«

Lisaweta aß den Kuchen auf. »Verstehe: Die Poesie des 21. Jahrhunderts ist das Schweigen«, sagte sie leichthin.

Ich wurde wütend: »Du hast mich schon mal ernster genommen. Und ich hatte gehofft, mit dir reden zu können!«

»Warte«, Lisaweta versuchte mich zu besänftigen, »wenn das so ist, wie du sagst, dann: Herzlichen Glückwunsch. Denn was die Trendforscher auch sagen: Das Gruselige ist out. Sie sagen: Die Sache ist ernster. Einsamkeit ist das Thema. Immer mehr Menschen finden keinen Zugang mehr zu sich, zur Arbeit, zu anderen. Sie durchschauen die Oberfläche, den glitzernden Schein und sehen in ein Nichts. Du liegst im Trend. Du verkörperst den Trend. Du bist trendy. Das heißt: Du bist gefragt.«

Ich schluckte: »Ja, aber. Dafür gibt es doch Fachleute. Wissenschaftler.«

»Denen fehlt die Sprache. Hartmut Rosa hat als Soziologe auf dem letzten evangelischen Kirchentag das Eingangsreferat gehalten. Bekanntes: Die Gesellschaft stehe vor dem kollektiven Burnout. Die Moderne habe ihr Glücksversprechen verraten. Der Mensch sei gefangen im Hamsterrad von Wachstum, Innovation, Beschleunigung, fühle sich entfremdet, machtlos, ängstlich, gelähmt. Etwas laufe fundamental falsch in der Gesellschaft. Der Teufel stecke in der Wirtschaft, im Kapitalismus. Also nichts Neues. Jeder Schüler, der Wirtschaft/Politik gehabt hat, zählt dir diese Punkte zumindest als Diskussionsgrundlage auf. Aber was passierte in Stuttgart? Ich habe gelesen, unser Bundespräsident hat den Wissenschaftler mit einfachen Worten und Gesten nahezu lächerlich machen können: Er selbst habe Kapitalismus und Wettbewerbsprinzip als Mittel der Befreiung erlebt, die Menschen sollten sich am hohen Maß an Freiheit und Wohlstand in Deutschland freuen, die Politik könne allerdings nur Voraussetzungen schaffen für das Glück der Menschen, glücklich werden müssten sie schon allein.«

»Allein«, sagte ich, »immerhin. Das mit der Freude hab ich vor kurzem schon mal gehört. Merkwürdig.«

»Eben«, sagte Lisaweta, »und ich denke, es ist ein Sprachproblem. Wir brauchen dich. Deine Sprache. Du musst das Gefühl, das du verkörperst, du musst es in Sprache, in Bildern, in Geschichten anschaulich, nachvollziehbar, begreifbar machen.«

Lisaweta bestellte sich noch ein Stück Schokoladenkuchen. Ich ließ den Hinweis auf die Banane. Es überfiel mich eine schreckliche Ahnung.

»Die Trendforscher sagen«, begann sie erneut, »gefragt sind Erkundungen eines zunächst unbekannten Gefühls, eines Anflugs von Traurigkeit, phasenweise von Verzweiflung, im Wissen um das Flüchtige, Vergängliche, Widersprüchliche, Abgründige, Brüchige, Fremde, eines Gefühls, das viele erfasst, wenn sie gar nicht damit rechnen, die letzte Abiprüfung geschafft, den Elfmeter zum Sieg verwandelt, das neue Auto vor der Tür ...«

»Erfüllungsmelancholie«, sagte ich.

»Wie auch immer; dann dieses Schwernehmen von Nichtigem, die niederschmetternde Erkenntnis eigener Banalität, Ohnmacht, Hilflosigkeit, beispielsweise beim Endlosstau auf der Autobahn; dieses Ausgeliefertsein gegenüber Ängsten, was ist normale Vergesslichkeit, wo beginnt die Demenz usw.«

»Die können doch reden wie ein Wasserfall«, warf ich ein, »und du sagst, es sei ein Sprachproblem.«

»So ist das doch viel zu abstrakt. So versteht das niemand. Geschichten brauchen wir, Charaktere, kurz: Wir brauchen dich. Vor ein paar Wochen traf ich einen klugen, innovativen Sachbuchautor, der an einem Buch schreibt mit dem Titel ›Die Kunst, merkwürdig zu sein‹. Unheimlich interessant. Unheimlich und interessant. Aber vielleicht schon überholt. Es müsste heißen: ›Die *Erkenntnis*, merkwürdig zu sein‹. Das ist nämlich das, was viele verstört, ja, zerstört.«

Ich bestellte ein Stück Schokoladenkuchen.

»Es ist Zeit«, begann Lisaweta erneut, »für eine poetische Revolution, eine neue Antwort auf die

Tatsache unseres Daseins. Wir brauchen neue Geschichten darüber, was es heißt, ein Mensch des 21. Jahrhunderts zu sein, was die Liebe bedeutet, was Beziehungen bedeuten, was der andere Mensch für uns ist.«

»Von wem?«, fragte ich.

»Ariadne von Schirach. Eine junge Philosophin.«

Schon wieder der Faden der Ariadne, dachte ich. Die Verzweiflung der Ariadne, als sie auf Naxos erwacht und das Schiff mit Theseus an Bord am Horizont verschwinden sieht. Die Urangst des Verlassenwerdens ...

»Also«, unterbrach Lisaweta meine Gedanken, »du durchwanderst seit Jahren das dunkle Land der Melancholie. Du hast sicher Schubladen voll mit Material. Das brauche ich. Und zwar schnell. Bring das Verstummen zum Sprechen. Rechtzeitig zum Weihnachtsgeschäft. Und wenn du mal ausspannen möchtest oder Anregungen brauchst: Einmal im Monat gibt es einen Poetry Slam im Verlag. Irrer Erfolg. Die Spoken-Word-Szene wird immer wichtiger. Und liebe Grüße von Anna. Sie hat auch die Gruppe ›U10 – SMS für Kids‹ übernommen. Steht unheimlich unter Strom, die Frau. Toll. Ich muss los. Ruf mich an, sobald du fertig bist. Übrigens: Wenn du das Zitat nachlesen möchtest: ›Du sollst nicht funktionieren‹ heißt das Buch. Tschau!«

Ich hatte das Gefühl, zu Stein geworden zu sein. So mussten sich Menschen fühlen mit sechs Richtigen im Lotto, die merken, dass sie den Lottoschein verloren haben. Einmal in meinem Leben wäre es wichtig gewesen, etwas *nicht* in die Blaue Tonne zu werfen. Ich hatte versagt. »Du sollst nicht funktionieren.« Ich hatte nicht funktioniert. Ich konnte nicht funktionieren. Mir fiel auf, dass genau auf dem Stuhl, auf dem ich jetzt saß, damals die Frau gesessen hatte, die einen Brief schrieb mit den Worten »... viel Kraft ist noch da ...« Kitsch hoch drei. *Keine* Kraft war da. Etwas Aussichtsloses beginnen! Ich sah den Schokoladenkuchen. Wie kam dieser Schokoladenkuchen hierher? Und wie schrieb man eigentlich »Ciao«?

Irgendwann bezahlte ich und ging. Drückende Hitze. Ich ging über den Kleinflecken am Theater vorbei. Es hing kein Plakat mehr da. Das Gruselige war abgeschafft. An der katholischen Kirche vorbei. Hatte ich da eben Scholastika hineinhuschen sehen? Heute hatte Christian Fürchtegott Gellert 300. Geburtstag. Wie kann man sein Kind Fürchtegott nennen? Dann schon Liebegott. Gottlieb! Gellert hatte ein Buch mit dem Titel »Die Betschwester« geschrieben. Was bedeutete das alles?
An der Post vorbei. Seit Wochen wurde gestreikt. Briefe schrieb ich nicht mehr. Am Bahnhof. Da wurde nicht mehr gestreikt. Ich könnte zu Caroline fahren. Einfach so. Damals hatte ich auch kein Gepäck dabei. Nicht die schlechteste Lösung. Durch den Stadtwald nach Hause an den Schreibtisch. Ich sah die japanischen Schülerinnen. Ruhe und Zuversicht. Sie hatten keine Ahnung vom Leben. Die Kronen der Eichbäume.

Die »Süddeutsche« lag noch da. 4. Juli 2015. »Samstag«. Die Zeitung kommt aus München und schreibt »Samstag«. Im Norden sagt man »Sonnabend«. Schlagzeile: »Geschichte eines Irrtums«. Ich könnte sofort Lisaweta anrufen. Die Zeitung meinte die Mitgliedschaft Griechenlands in der Eurozone und das Referendum morgen.

Auf Seite sieben »Menschliche Tragödie«. Der Zeitung aber ging es um einen Aufruf von 35 Nobelpreisträgern, auf der nächsten Klimakonferenz in Paris endlich konkrete Maßnahmen zum Klimaschutz zu beschließen.

Dunkle Wolken bauten sich über dem Stadtwald auf. Die Zeitung hatte sich eine Woche die Frage gestellt, ob uns der Kapitalismus kaputt macht. Nikolaus Piper gab seinem abschließenden Essay den Titel: »Es lebe der Kapitalismus!«

Im Lokalblatt das Programmheft der Volkshochschule für Herbst und Winter. Ein Politikkurs warb mit Ernst Blochs »Prinzip Hoffnung«.

Die ersten Blitze. Ferner Donner.

4. Juli. Nationalfeiertag der USA: »Folgende Wahrheiten halten wir für selbstverständlich: dass alle Menschen gleich geschaffen sind; dass sie von ihrem Schöpfer mit gewissen unveräußerlichen Rechten ausgestattet sind; dass dazu Leben, Freiheit und das Streben nach Glück gehören.«

Das Streben nach Glück als unveräußerliches Recht.

Gaudeamus igitur. Evangelii gaudium.

Glücklich werden müssen die Menschen schon allein. Nichts wünschen. Nichts fürchten.

Ich stand auf und holte eins dieser schwarzen Moleskine-Hefte vom Regal.

Das Gewitter kam näher. Dicke Regentropfen klatschten gegen die Scheiben.

Ich setzte mich wieder, schlug das Heft auf und las:

»Ich schreibe nicht mehr.«

Ich weiß nicht, wie lange ich da gesessen habe.

Blitz und Donner wechselten in rascher Folge.

Eintöniges Regenrauschen.

Irgendwann legte ich mich aufs Bett.

Stille weckte mich. Draußen schien es zu dämmern.

Ich stand auf und ging. Die kühle, klare Luft tat gut. Kein Mensch. Kein Auto. Vogelstimmen. Ich schlug den gewohnten Weg ein, kümmerte mich nicht um Pfützen und aufgeweichte Böden. Von den Bäumen tropfte es.

Als ich im Stadtwald in die Allee einbog, sah ich weit vorn die Silhouette eines Menschen, einer Frau. Die Bewegungen, der Gang wirkten auf seltsame Weise vertraut. Ich beschleunigte meine Schritte. Die Frau ging über die Allee hinaus halbrechts über einen Bauernhof an feuchten Wiesen und Knicks vorbei. Sie trug etwas in der linken Hand, schlenkerte damit herum. Eine Flasche. Ab und zu trank sie. Dann war sie nicht mehr zu sehen. Und plötzlich ahnte ich ihr Ziel: der alte Eichbaum. Am Rande eines Feldwegs, der durch Mais- und Getreidefelder führt und von der Autobahn jäh gestoppt wird, krallt er sich mit seinem verschlungenen Wurzelwerk in die Seite eines Grabens. Gewaltiger Stamm, grün-graue Elefantenhaut, schief und krumm, gewundenes, sich in leere Himmel schwingendes Astwerk mit vielen kleinen Augen und Ohren.

Tatsächlich, als ich auf wenige Meter herangekommen war, sah ich jemanden im Baum sitzen und erkannte – Anna.

»Anna!«, rief ich. »Was machst du hier? Und zu dieser Zeit?«

»Das könnte ich dich auch fragen«, sagte sie, »immerhin, ich bin ich froh, dass du es bist, der mich verfolgt hat. Da hält sich meine Angst in Grenzen.«
Sie schwieg und trank einen Schluck.
»Nun denn, sprich!«, forderte sie mich auf.
Nur wenige Meter trennten uns. Ich musste zu ihr hochgucken.
War es das, dass sie über mir im Baum hockte und keine Anstalten machte, herunterzukommen? War es das Gefühl, endlich jemanden gefunden zu haben, der einfach nur zuhören wollte, die Erleichterung, reden zu können, Erinnerung, Vertrautheit, Vertrauen ...?
Jedenfalls: Ich sah über die Felder – Gerste? Hafer? Buchweizen? Roggen? – hin zu den angrenzenden Baumreihen, in der Ferne das frühe Hin und Her auf der Autobahn. Wind kam auf. Und ich erzählte. Erzählte vom Halloween-Treffen, von der Blauen Tonne, in die ich ein Gutteil meines Lebens geworfen hatte, von Lisawetas Auftrag, von der großen Chance und der Unmöglichkeit, diese Chance zu ergreifen, von meiner Ratlosigkeit, ja, Verzweiflung.
Ich sah zu ihr hinauf. Das Kleid klebte an ihrem Körper. Sie musste vollkommen durchnässt sein. Hatte sie das Gewitter im Wald erlebt?
»Und was suchst du *hier draußen*?«, fragte sie schließlich. »Meinst du, jemand hat den Inhalt der Blauen Tonne irgendwo hingekippt?«
»Ich weiß nicht. Vielleicht hoffte ich, irgendwo den Faden der Melancholie wiederzufinden, den ich abgerissen habe und der doch eventuell neu zu knüpfen wäre.«
»Vergiss es!«, sagte sie hart und bestimmt. »Das Alte kannst du nicht mehr abrufen. Und alles Erinnerte wird dir stümperhaft erscheinen.« Als ich schwieg,

fügte sie noch hinzu: »Nimm's gelassen.« Sie lachte: »Auf alle Fälle hast du recht gehabt: Die Poesie des 21. Jahrhunderts ist das Schweigen. Du selbst lieferst den Beweis.«

Mein Blick verlor sich in der Weite der Felder. »Es ist Gerste. Glaub mir. Grüble nicht weiter. Gerste«, sagte sie.

Ich sah wieder zu ihr hinauf: »Du bist zynisch.«

»Nein. Ich *war* sauer. Die Mönchsgeschichte mit dem ›Nichts‹ fand ich blöd. Oder glaubst du, ich hätte nicht verstanden, was du mir damit sagen wolltest? In der Ausstellung hast du mich einfach stehen lassen. Auf das Bücherpaket hast du null reagiert. Zum Beispiel.«

Tatsächlich. Sie schien immer noch vergrätzt zu sein. Es stand ihr gut.

Irgendwie mochte ich sie ja.

Wie konnte ich das vergessen haben?

»Und warum bist *du* hier?«, fragte ich sie schließlich.

»Gestern war Sommerfest im Verlag. Gegen Mitternacht wurde es eklig. Sascha steht auf Frauen, die älter sind als er. Nachdem er bei Lisaweta abgeblitzt ist, versuchte er es bei mir. Dieses Gestarre und Gegrabsche ging mir auf die Nerven. Ich musste raus. Er soll sich verdammt noch mal an Jüngere halten. Aldinette ist eigentlich ganz wild auf ihn, hat aber die falsche Strategie. Will unheimlich cool sein, kopiert diese Prada-Models und wirkt damit nur blöd. Sie ist ja attraktiv, aber ...«

»Aldinette? Wer ist Aldinette?«, fragte ich erstaunt.

»Geraldine! Du kennst sie doch. Sie ist Poetry-Slam-Siegerin vom letzten Monat. ›Spaghetti-Blues‹ heißt ihr Text. Da beschreibt sie, wie sie sich selbst die Haare abgeschnitten hat. Total verrückt, aber ...«

»Geraldine schreibt und macht auf Literatur?«, fragte ich verblüfft.

»Und sie trägt ihre Texte selbst vor!«

»Bei *der* Stimme?«

»Ihre Stimme ist Teil ihres Erfolgs! Sie braucht nur den Mund aufzumachen. Dann fangen die Fans an zu brüllen.«

Ich war sprachlos. Die Gerstenfelder waren immer noch Gerstenfelder. Aber wie sicher konnte ich da sein?

»Gib mir die Flasche!«, rief ich Anna zu. »Ich brauch einen Schluck.«

Sie lachte: »Komm rauf, dann bekommst du etwas!«

»Wer war denn noch da?«, fragte ich.

»Na, der Star war natürlich Gottlieb!«

»Gottlieb? Was machte der da? Der passt da doch gar nicht hin!«

»Gottlieb, mein Lieber«, belehrte sie mich, »Gottlieb will, wenn das Einkaufscenter fertig ist, aus dem Rest der dann verödenden Innenstadt eine Art Künstler-kolonie machen. Nicht nur, dass der Wochenmarkt von 10 bis 17 Uhr stattfinden soll. Er verhandelt mit Musikern, die Locations brauchen für kleine Sessions mit 50, 60 Zuhörern, mit Initiatoren für ein freies, regionales Radio, mit Leuten, die so eine Art Bazar aufbauen wollen für Gewürze, Teppiche, Stoffe, kurz: den alten Orient, den es nicht mehr gibt. Danijela hat er angesprochen, ob sie nicht mit Caroline ein größeres Künstlerhaus leiten könnte, offene Ateliers soll es geben für Maler, Fotografen, Filmemacher, Antiquariate, ein Haus aller Religionen, auch ein Buddhismus-Center, einen Ort der Stille, ein kleines

Kloster, Galerien, Theater- und Präsentationsbühnen, Bücherkisten sollen aufgestellt werden, die jeder kostenlos nutzen kann, kurz:

Der *Großflecken* soll umbenannt werden in *Kunstflecken*.«

»Gottlieb?«, fragte ich verwundert. »Gottlieb hat solche Pläne?«

»Na, du kennst ihn doch. Wahrscheinlich besser als alle anderen. Ein Macher!«

In mir stürzten Menschenbilder in sich zusammen ...

»Anna«, sagte ich schließlich, »komm bitte runter. Ich muss mich bei dir anlehnen. Ich muss wissen, dass dies noch die Welt ist, in der ich bisher gelebt habe. Was du erzählst, ist so unwirklich, so fremd. Ich träume manchmal, als Uraltembryo um die Erde zu kreisen, ganz allein, weit entfernt von allem. So fühle ich mich.«

Ich sah einen großen Hasen auf dem Weg sitzen. Er witterte in unsere Richtung. Als Anna vom Baum kletterte und ich zu ihr ging, verschwand er im Gerstenfeld.

Ich nahm sie in die Arme, drückte sie, strich über ihr nasses Haar. Andere Erinnerungen tauchten auf. Während ich ihr meine Jacke umlegte, sagte ich: »Du hast noch etwas, ich spüre es. Da ist etwas, was dich belastet.«

»Lass uns gehen«, antwortete sie.

Wir machten uns auf den Rückweg. »Nach unseren Projekten damals, vor wie vielen Leben auch immer, habe ich Krimis geschrieben. Unter Pseudonym. Die meisten spielten in Finnland.«

»Deswegen warst du ...«

»Natürlich. Was dachtest du. Sie liefen ganz gut. Gesellschaftskritisch. Mit einem Kommissar, der ein wenig Ähnlichkeit mit dir hat: distanziert, eigenbrötlerisch, wunderlich, wie aus einer längst vergangenen Zeit und so. Ich konnte von dem Geld leben. Die letzten beiden waren Flops. Ich weiß nicht warum. Ist die Zeit der skandinavischen Krimis abgelaufen? Allgemeiner Trend? Falsche Themen? Ist dein Typ out? Jedenfalls hat der Verlag die Reihe gestoppt. Aus. Schluss. Vorbei. Anna, überleg dir was Neues. Wenn das so einfach wäre. Ich geb Kurse, die gut ankommen. Jetzt auch einen Ü70-Biografiekurs. Leben werde ich nicht davon können. Ich muss mein Leben noch mal umkrempeln. Hab ich die Kraft dazu? Was wird aus meinen Träumen? Blaue Tonne?«

Ich dachte über das nach, was sie mir da so hingeworfen hatte. Als Junge hatte man mich als lustig, gleichmütig und achtsam beschrieben.

Irgendwann fassten wir uns an.

Im Wald wurden die Vogelstimmen mächtiger. Anna machte oft lange Pausen zwischen den Sätzen, erzählte von Kindheit und Jugend, Eltern und Geschwistern, vom frühen Schreiben, von ersten Erfolgen und frühen Enttäuschungen. Von Alternativen, für die es jetzt zu spät sei. Von ihrer abgrundtiefen Traurigkeit. Seit zu vielen Jahren.

Ihr Depressionstest fiel mir ein.

Ich hatte das Gefühl, dass es ihr gut tat, sich einmal leer reden zu können. In der Nähe des Tierparks setzten wir uns auf eine Bank. Eine Zeit lang saßen wir nur da und sahen in den Himmel, der blau, sehr hell und durchsichtig geworden war. In den Baumkronen hing Sonnenlicht.

»Ich hab keinen Krimi von dir gelesen. Ich kenne dein Pseudonym nicht«, sagte ich schließlich, »aber ich kenne das, was du davor geschrieben hast. Und das war so, dass ich jeden Satz hätte ausschneiden und aufkleben können.«

Ich rief dann ein Taxi, das uns zu ihr nach Hause fuhr. Während sie duschte, deckte ich den Tisch. Ich wollte noch eine CD einschieben, sah aber, dass sie als Letztes Pete Droge gehört hatte: »Fourth of July«. Ich kenne das Stück und die Zeile, die sich darauf reimt: »It's a good day to die«. Ich stellte die CD ins Regal.

Anna kam im Bademantel und setzte sich. Was sie für blonde Haare hatte. Gefärbt?

»Du siehst gut aus«, sagte ich.

Sie lächelte: »Danke. Jetzt müsste eigentlich einer von uns mit ›Weißt du noch damals‹ anfangen.«

»Später. Diese Trendforscher, von denen Lisaweta gesprochen hat, was sind das für Leute?«

»Du wirst lachen, das ist im Wesentlichen Maja.«

»Maja? Ich denk, die ist bei den Indianern und auf den Spuren von Booker?«

»Wohl auch. Aber davon kann sie nicht leben. Gottlieb hat sie für den Verlag engagiert. Sie soll in den Staaten nach neuen Trends im Kulturgeschäft Ausschau halten. Nun schickt sie monatlich Berichte.«

»Wahnsinn!« Mehr fiel mir dazu nicht ein.

Plötzlich nahm sie meine Hände, umschloss sie und fragte: »Was wirst du Lisaweta sagen?«

»Ich weiß es nicht.«

»Irgendwo hab ich gelesen, kein Sklave zu sein bedeutet, Nein sagen zu können.«

»Ich brauch noch etwas Zeit. Die Welt entgleitet mir gerade mal so eben. Und das kann nicht nur an dem miesen Kaffee liegen, den ich gekocht habe. Tut mir leid.«

»Macht nichts. Ich zieh mir was an, und wir gehen in den Verlag. Ich hab da auch noch was für dich.«

Es war nicht weit.

Auf dem Flur trafen wir Frau Salomon. Blauer Kittel, strähniges Haar, verschwitztes Gesicht.

»Frau Salomon«, begrüßte ich sie, »des Lebens Pulse schlagen frisch lebendig. Sie hier zu sehen.«

»Na ja, der Dreck muss weg. Is nun mal so. War ja wohl wieder ein rauschendes Fest«, meinte sie trocken, »Künstler eben.«

»Frau Salomon, wir wollen stark Getränke schlürfen. Ist die Kaffeemaschine vom Chef noch in Gang?«

»Ja, ja, die hab ich noch nich. Und Schokoladen-kuchen is noch jede Menge da.«

»Sie Grundgute!«

»Er nun wieder«, meinte Anna, »aber Salo, du müsstest doch eigentlich auch 'ne ganze Menge erzählen können. Wär das nicht was: ›Aus dem Tagebuch einer Putze‹ oder so ...?«

»So was Ähnliches mach ich ja schon«, Frau Salomon meckerte ihr raues Lachen, »ihr könnt jede Woche auf Youtube was Neues von mir sehen: ›Sprüche Salomonias‹, noch nie was von gehört?«

»Was? Nein!«

»Sicher. Steigende Fanzahlen. So viele klicken mich an, dass ich schon erste Angebote für Werbung bekommen habe: Kosmetikfirmen, Berufsbekleidung und so. Lisaweta hatte die Idee. Sie sagt, wir wollen mal sehen, was draus wird. Mir is es egal. Ich bin so, wie ich bin. Ich verbieg mich nich.«

»Und«, ich versuchte meine Fassungslosigkeit in Grenzen zu halten, »und was erzählen Sie da?«

»Na, Alltagsgeschichten. Was ich so erlebe. Wissen viele ja gar nich, wie es aussieht, wenn die Party vorbei is. Oder die Schule. Oder was einem in Kinderzimmern alles über den Weg läuft. Ich nenn natürlich keine Namen. Nee, das nich. Oder Arbeitsbedingungen von uns Putzen. Is doch mal interessant. Und dann werd ich auch Sachen gefragt.«

»Zum Beispiel?«

»Na, heute die Abstimmung in Griechenland. Wie entscheiden die Griechen. Was sagt Salomonia? Das is doch ganz einfach. Wenn ich kein Geld und einen Haufen Schulden habe und auf der ganzen Welt nur einen finde, der mir vielleicht was gibt, dann muss ich zu seinen Bedingungen Ja sagen. Irgendwann muss ich Ja sagen. Sonst krieg ich ja nichts. Punkt.«

Volkmar fiel mir ein. Ich konnte ihn mir aber nirgends hindenken. Nur fremde Klischees.

»Und wenn du mal voll danebenliegst?«, fragte Anna.

Frau Salomon machte eine wegwerfende Bewegung: »Dat hes mal mit. Und es läuft ja. Lisaweta sagt, wir machen daraus ein kleines Geschäft. Find ich gut. Man muss doch sehn, wo man bleibt. Mit 70 putzen? Nee, dann lieber die Welt erklären. Ich bin doch nich blöd!« Ihr ganzes Gesicht war ein einziges Lachen.

Wir lachten mit ihr, holten uns jeder einen Cappuccino und gingen in Annas Büro. Ich war sehr nachdenklich geworden. Anna holte eine kleine japanische Tonfigur, den Schülerinnen ähnlich, die ich auf dem Fensterbrett habe. »Serena hat sie mir für dich gegeben«, sagte sie. Ich betrachtete sie. Ja, eine

Figur, die zu den anderen passte. Dies war aber ein Mann, ein kleiner, alter Mann. Unverkennbar hatte sie mich vor Augen gehabt. Was auffiel: Der Mann hatte geschlossene Augen. Im Gegensatz zu den Mädchen. »Er kann nichts sehen«, sagte ich. »Nein, er sieht nichts«, Anna lächelte. »Vielleicht könnte er etwas sehen. Dazu müsste er aber die Augen öffnen.«

Ich schloss die Augen, blieb lange so sitzen und dachte darüber nach, was Serena gemeint haben könnte. Dann öffnete ich sie. Anna saß vor mir, nippte an ihrem Cappuccino und beobachtete mich. Wie eine Verhaltensforscherin, eine Psychologin, eine Versuchsleiterin, gespannt, was nun passieren würde.

Mir fiel eine Installation ein, die ich vor kurzem gesehen hatte, und sagte:

»J'ouvre les yeux et tu es là.«

Sie lachte: »Immerhin. Für den Anfang nicht schlecht.«

Ich trat ans große Fenster, nahm einen Schluck und sah nach draußen. Grün in allen Variationen. Sonnenlicht. Blauer Himmel. Federwolken.

Wo und wann eine Geschichte beginnt, ist immer schwer zu sagen. Das sieht wohl auch jeder anders.

Für mich fängt sie mit diesem Bild an: Karg und nichtssagend eingerichtetes modernes Büro. Anna sitzt an ihrem Schreibtisch. Rotes T-Shirt. Rechts von ihr der schwarze Bildschirm. Vor ihr der leere Becher und die kleine Tonfigur des alten Mannes. An der großen Fensterfront stehe ich und scheine den Wolken nachzusehen.

Hopper hätte das malen können, und eines seiner Bilder kommt dem auch sehr nah, wenn ich mich richtig erinnere. Was nicht zu Hopper passt: Anna erzählt.

Es sieht so aus, als erzähle sie der kleinen Figur, dass da noch etwas sei, was sie bedrücke, dass sie viele Jahre mit einem Autor zusammengelebt habe, der schon seit Kindertagen Krimis geschrieben habe, ein wortkarger, herzensguter, sanfter Mann mit einem ganz trockenen Ton in seinen Büchern, dass der vor ein paar Monaten mit einem Drehbuch für einen Tatort so erfolgreich gewesen sei, dass er jetzt angeblich in einem Kloster lebe, ab und zu einen nichtssagenden Gruß maile, aber ansonsten Drehbücher produziere: »Du erinnerst dich vielleicht«, sagte sie, »ein oder zwei Wochen vor der Charlie-Hebdo-Geschichte wurde der Film gesendet. Ein berühmter Karikaturist bringt seine Mutter um, weil sie seine Zeichnungen aus Jugendtagen achtlos in den Müll geworfen hat. Es gab damals eine große Diskussion über Werteverfall, Generationenkonflikt, Bedeutung der Kunst usw. Und das bekam dann noch eine zusätzliche Drehung durch den Anschlag auf die Charlie-Hebdo-Redaktion. Seitdem ist er offenbar der Shootingstar der Krimiszene – und weg.«
Während sie erzählte, hörte ich im Hintergrund Fetzen aus »Steal away« von Charlie Haden und Hank Jones, ganz einfache Tonfolgen, Spirituals, Folk Songs, Lieder der Klage und der Hoffnung, Lieder, die die Geschichte auf andere Weise noch einmal erzählten, sozusagen ergänzt durch das, was ich dazu hätte sagen können, und einen weiteren Titel: Von jemandem, der geblieben ist.

Und als Anna still geworden und der letzte Ton in mir verklungen war, hatte ich das Gefühl, alles sei jetzt irgendwie gesagt worden, und eine neue Geschichte könnte beginnen.

Wir brachten dann unsere Becher in die Küche, winkten Frau Salomon zu, die vor einem großen Stück Schokoladenkuchen saß, verließen das Gebäude und gingen ein Stück zusammen.

Viel redeten wir nicht mehr an diesem Tag. Ich glaube, wir waren uns einig, dass das jetzt für einen Tag genug war, dass da noch etwas bleiben sollte für andere Tage.

Als ich Stunden später wieder zu Hause war, stellte ich den kleinen alten Mann auf das Fensterbrett und sah dem Spiel der Blätter in den Eichbäumen zu. Dann holte ich vom Regal ein Moleskine-Heft, setzte mich an den Schreibtisch, nahm den längsten der angespitzten Bleistifte, schlug die erste Seite auf und begann zu schreiben.

Der Autor

Ulrich Grode,

geb. 1948 an dem einen Ende
des Nord-Ostsee-Kanals, in Brunsbüttel,

als Schüler in die Mitte Schleswig-Holsteins
gezogen worden, nach Neumünster,

Studium am anderen Ende des Kanals, in Kiel,

von 1975 bis 2012 Lehrer
an der Immanuel-Kant-Schule in Neumünster

für die Fächer Deutsch, Geschichte und WiPo,

verheiratet und Vater zweier erwachsener Söhne,

jahrelang Leiter einer Arbeitsgemeinschaft
Kreatives Schreiben,

seit vielen Jahren auch mit dem Bleistift unterwegs:

Frierender Atem
(1994, mit Fotos von Martin Dannmeier)

Standvermögen
(1995, mit Fotos von Martin Dannmeier)

Da siehst du, wer morgen zum Kaffee kommt
(2000)

Himmel über Neumünster
(2005, mit der Fotografin Marianne Obst)

Die Nussknacker-Suite
(2013, mit Jan-Christoph Moor und den
Salt Peanuts, der Big Band der Lübecker
Hochschulen)

So war das mit Booker
(2013, ISBN 978-3-7322-4113-2)

Von jemandem, der da war
in: Thorsten Kehl (Hrsg.), ZeitenWechsel, Industriekultur in Neumünster – Annäherungen (2015)